chaela

Vampirya - Project Eden

CHAELA

Vampirya

Project Eden

chaela
c/o Papyrus Autoren-Club,
R.O.M. Logicware GmbH
Pettenkoferstr. 16-18
10247 Berlin

Umschlaggestaltung: chaela (www.chaela.de)
Illustrationen: JB Design
Lektorat: Gundel Steigenberger

ISBN 978-3-96698-606-9

Bestellung und Vertrieb:
Nova MD GmbH, Vachendorf

Herstellung:
SOWA Sp. z o.o., Raszyńska 13, 05-500 Piaseczno ul

Mehr zu Vampirya unter www.vampirya.de
Facebook: www.facebook.com/chaela.de
Instagram: instagram.com/chaela.autorin.designerin

»Es ist nicht von Bedeutung, wie langsam du gehst,
solange du nicht stehenbleibst«

Konfuzius, chinesischer Philosoph

Die Spende

Es war seltsam, den Blutstropfen bei ihrer Wanderung durch den langen halbtransparenten Plastikschlauch zuzuschauen. Von jenem Moment an, als sie meinen Arm verließen, wirkte es so, als gehörten sie nicht mehr länger zu mir. Deswegen empfand ich auch nichts als Gleichgültigkeit beim Anblick des Blutbeutels am anderen Ende des Schlauches.

Als er fast voll war, kam eine junge, blonde Frau in einem weißen Kittel an meine Liege. Ihre bleichen Finger prüften sorgfältig den Beutel. »Sie haben es geschafft«, sagte sie, lächelte dabei sanft und nahm den Beutel ab.

»Ich möchte noch einen abgeben«, ließ ich sie ohne Zögern wissen.

Sie hielt kurz inne. »Gerne«, sagte sie und machte sich daran, einen leeren Beutel aufzuhängen.

Ich ließ es geduldig über mich ergehen und beobachtete die anderen Menschen im Raum. Es waren etwa zwanzig Liegen, die im Kreis aufgestellt waren. Auf den meisten von ihnen lagen Männer verschiedenen Alters. Ein Bursche fünf Liegen weiter sah kaum älter aus als fünfzehn. Er hatte die Augen fest zusammengekniffen und den Kopf weggedreht. Es machte mich traurig und wütend zugleich, ihn leiden zu sehen.

Ich wand mich ab und starrte auf meinen rechten Arm. Ich erinnerte mich noch sehr genau an jene Nacht vor neun Jahren, in der ich ihn verloren hatte, um meine Mutter und meine damals noch ungeborene Schwester zu beschützen.

Mein siebzehnjähriges Ich hatte sich damals für eine Prothese aus Silber entschieden, die ich nun unter einem schwarzen Lederhandschuh verbarg.

Gelächter riss mich aus meinen Gedanken. Drei Liegen rechts von mir lag ein Mann umringt von drei Vampirdamen und scherzte mit ihnen. Er hatte sein feuerrotes Haar zusammengebunden und sich einen markanten grünen Schal um den Hals geschlungen. Die beiden Vampirinnen schienen sich in seiner Gegenwart prächtig zu amüsieren. Die anderen Menschen im Raum fanden es offensichtlich weniger toll. Mir entging nicht, wie sie ihn anstarrten.

»Fertig.«

Verwundert drehte ich meinen Kopf in die Richtung, aus der ich die Stimme der blonden Vampirin im weißen Kittel vernommen hatte. »Schon?« Wenn man sich nicht darauf konzentrierte, ging die Blutabnahme doch sehr schnell vonstatten.

»Ja, Sie können sich dann draußen Ihre Rationen abholen.«

»Ich möchte noch einen abgeben.«

Jetzt sah sie betroffen drein. »Es tut mir Leid, aber mehr als zwei pro Person und Sitzung können wir nicht abnehmen.«

»Bitte! Ich schaffe das.«

Sie schüttelte den Kopf und sah mich mitleidig an. »Tut mir leid«, wiederholte sie.

Ich wollte gerade aufstehen, als mir mit einem Mal ziemlich schwummrig wurde, so dass ich mich auf die Bettkante setzen musste.

»Warten Sie«, sagte die Vampirin und lief einmal um die Liege herum, bis sie vor mir stand. Sie reichte mir ein Stück Zucker und ein Glas Wasser. »Hier.«

»Danke«, sagte ich müde und schob mir den Würfelzucker in den Mund, wo ich ihn langsam unter der Zunge zergehen ließ.

Mein Blick wanderte noch einmal durch den Raum. Sowohl der Junge als auch der Rothaarige waren bereits fort und ihre Liegen wurden für die Nächsten vorbereitet.

»Reinlassen!«, brüllte eine burschikose Frau am Eingang.

»Sie können sich ihre Ration draußen abholen«, wiederholte die Vampirin neben mir.

»Mädchen, das muss schneller gehen!« Plötzlich stand die Vampirin vom Eingang neben uns.

»Tut mir leid«, entschuldigte sich die Blonde kleinlaut.

Ich nickte ihr kurz zu und stand auf. Ich war mir sicher, dass sie wahrscheinlich schon bei meiner nächsten Blutabnahme in spätestens drei Monaten nicht mehr so freundlich sein würde. Nach einer Weile wurden alle Vampire, die in der Oberwelt arbeiteten, grob und unfreundlich im Umgang mit Menschen.

Draußen war es bitterkalt und der Schnee am Boden war durch die vielen Menschen, die sich heute zur Blutabgabe hierher begeben hatten, längst zu braunem Matsch getreten worden.

Ich begab mich zur Rationsvergabe. Dort war die Schlange der Wartenden bereits verschwunden. Einen Letzten sah ich noch mit seiner Ration Reis davon laufen.

Ich stellte mich vor den Tresen.

»Einscannen«, befahl der Vampir dahinter. Ein weiterer stellte sich neben mich und scannte den kleinen Chip in meinem Nacken.

»A320. Zwei Portionen«, sagte er gelangweilt. *A320.* So hieß ich für die Vampire. Meinen richtigen Namen, Aidan, verwendeten sie niemals.

Ein dritter Vampir hinter ihm hob zwei Säcke aus einer Kiste und drückte sie mir in die Hand.

»Der Nächste!«, hörte ich den hinterm Tresen dann brüllen. Hinter mir verließ bereits der nächste *Blutspender* den Liegeraum.

Ich zog es vor, selbst zu gehen, statt weggeschoben zu werden, und schlurfte einen Sack in jeder Hand davon.

Doch weit kam ich nicht.

»Ganz schön gierig«, sagte jemand hinter mir.

Als ich mich umdrehte, stand der rothaarige Kerl vor mir und grinste mich an.

»Nun, wir haben Winter«, sagte ich.

»Schon klar«, antwortete er und warf mir seinen Sack zu. »Bitteschön.«

Reflexartig ließ ich die beiden anderen fallen und fing ihn auf. Dann sah ich ihn verwundert an. »Brauchst du ihn nicht?«

»Um ehrlich zu sein, nein. Ich mag keinen Reis.« Er lächelte noch immer.

»Ganz schön waghalsig«, sagte ich.

»Keinen Reis zu mögen?«

»Inmitten eines Raumes voller verzweifelter, ihres Blutes beraubter Menschen mit Vampiren zu scherzen.«

»Ach, das«, sagte er gelassen. »Trübsal blasen hat noch niemanden weiter gebracht.« Dann reichte er mir die Hand. »Mein Name ist Noah.«

Ich tat es ihm gleich. »Aidan«.

Noahs Lippen kräuselten sich kurz. »Kräftiger Händedruck.«

»Prothese.«

»Das erklärt Einiges«, gab er zurück. Ohne

meine Prothese loszulassen, drehte er sie so, dass meine Handinnenfläche nach oben zeigte, dann löste er seine Finger und schloss dabei meine Finger zu einer Faust. Zwar spürte ich nichts, doch ich sah kurz etwas Weißes auf meiner Handfläche aufblitzen.

Noah wandte sich zum Gehen. »Ich wünsche dir eine angenehme Heimreise.«

»Ebenso.«

Ich ließ den Gegenstand in meiner Hand in meiner Hosentasche verschwinden, nahm meine drei Säcke Reis und verließ das Blutspendezentrum, das sich in der Mitte der verfallenen Hauptstadt befand. Sie war der nächstgrößere Ort im Umkreis der Farm, auf der ich mit meiner Mutter und meinen Geschwistern lebte.

Während ich an zerstörten Gebäuden vorbei ging, deren Wände mit unzähligen hasserfüllten Parolen beschmiert waren, sah ich hin und wieder eine arme Menschenseele. Den kleinen Sack Reis an die Brust gedrückt, flüchteten sie so schnell wie möglich aus der Stadt.

Ich hätte es ihnen gern gleichgetan, doch zwei Blutabgaben in so kurzer Zeit zollten bereits jetzt ihren Tribut. So ausgelaugt, wie ich im wahrsten Sinne des Wortes war, fühlten sich die drei Säcke an wie Beton.

Ich war ein ganzes Stück gelaufen, die Stadt in der Ferne geschrumpft und der Reis dreißig Kilo schwerer geworden, als ich mich schließlich traute, das Stück Papier aus der Hose zu kramen.

Es war ein zusammengeknüllter, zerrissener Fetzen, den ich sorgsam auseinanderfaltete. Im Licht der Wintersonne erkannte ich darauf eine Bleistiftzeichnung, die so auch ein Kind gemalt haben konnte: Ein Windrad, an dessen Rotor ein Blatt fehlte. Daneben war eine kleine, halbe Sonne am Horizont, über der ein Pfeil nach oben zeigte.

Die Botschaft war offensichtlich so gestaltet,

dass ein Unbeteiligter sie für Kinderunfug halten würde. Der für den sie bestimmt war, würde jedoch wissen, was darauf zu sehen war.

Und das tat ich. Ich kannte den Ort, der hier auf diesem kleinen Stückchen Papier skizziert war. Natürlich konnte es mehr als eine Windkraftanlage geben, an der ein Rotorblatt fehlte, aber ich war mir recht sicher, dass er jene Anlage meinte, die nur wenige Stunden von unserer Farm entfernt stand. Dort wollte er sich also mit mir treffen.

Ich knüllte das Papier wieder zu einer kleinen Kugel zusammen und schob es zurück in meine Hosentasche. Dann setzte ich meinen Weg fort.

Die Sonne war bereits in Begriff unterzugehen, als ich erschöpft dort halt machte, wo ich immer innehielt, wenn ich zwischen der Stadt und unserer Farm unterwegs war. Für jeden anderen war es eine gewöhnliche Wiese. Für mich war es eine wundervolle Erinnerung. Die Erinnerung an eine junge Frau, die im Regen tanzt. Wäre sie um diese Jahreszeit hier gewesen, hätte sie ihren geliebten Regen nie kennengelernt. Stattdessen wäre er als Schnee heruntergefallen. Aber wahrscheinlich hätte sie sich auch darüber gefreut. Ich betrachtete die leere Wiese, bedeckt von vierzig Zentimetern unberührtem weißem Schnee, und stellte mir vor, wie sie darin einen Schneeengel malte. Dann ging ich weiter.

Im Dunkeln stieg ich den Hügel vor unserer Farm hinauf. Im Licht, das aus den Fenstern schien, sah ich wie meine kleine Schwester Cally mit ihrem Hund, meinem Bruder Ben und dessen Freundin Ilona einen Schneemann baute. Ich war mir sicher, dass Ben mitbekam, dass ich mich ihnen näherte, dass ich auf der Ladefläche unseres kleinen Transporters Platz nahm und die drei Säcke müde hinter mir abstellte. Doch er unterbrach Callys Spiel nicht. Er ließ sie unbeirrt einen Mund und Augen aus kleinen Steinen formen.

Statt einer Karottennase reichte Ilona ihr einen kleinen Stock.

»Ihm fehlt noch ein Hut!«, sagte Cally.

»Ich hole ihm schnell einen«, antwortete Ilona.

Doch bevor sie aufstehen konnte, hatte Ben sich bereits erhoben. »Ich mach das schon.«

Er ging zum Haus, nahm einen leeren Eimer neben der Hauswand und gab ihn Cally. Während diese den Eimerhut auf dem Kopf des Schneemanns platzierte, setzte Ben sich wieder neben Ilona und legte seine Hand kurz auf ihren Bauch. Durch den dicken Wintermantel war die kleine Kugel nicht zu sehen.

»Aidan!«, hörte ich da Cally rufen. Aufgeregt kam sie auf mich zu gerannt, umarmte mich und setzte sich zu mir auf die Ladefläche. »Da bist du ja wieder. Hast du den Reis mitgebracht?«

»Ja«, antwortete ich.

Cally warf einen Blick hinter mich. »Gleich drei?«

»Ja.«

»Ben und Ilona haben einen Schneemann mit mir gebaut!«

Ihr kleines Gesicht strahlte und ihre roten Bäckchen bildeten einen Kontrast zu ihrer weißen Wollmütze.

»Er sieht toll aus, Sonnenschein.«

»Cally, es wird Zeit reinzugehen«, rief Ilona in unsere Richtung.

Meine kleine Schwester sah mich fragend an.

»Geh ruhig schon rein. Ich komme gleich nach.«

»Okay.« Sie gab mir einen kleinen Kuss auf die Wange. »Komm, Hugo!«, hörte ich sie noch rufen, bevor sie mit dem Terrier und Bens Freundin im Haus verschwand.

Ben kam auf mich zu. »Drei Säcke?«, fragte auch er.

Ich nickte.

»Du bist verrückt.«

Ich antwortete nicht, stattdessen stand ich auf. Wie gerne hätte ich mir doch selbstbewusst die drei Säcke geschnappt und wäre an ihm vorbei ins Haus gegangen. Doch mein Kreislauf machte mir noch immer einen Strich durch die Rechnung. Mit einem flauen Gefühl im Magen setzte ich mich wieder hin.

»Warte, ich mach das schon«, sagte Ben und nahm sie mir ab.

»Danke«, sagte ich leise.

»Kein Ding.«

Im Haus saßen Ilona und Cally bereits am Esstisch. Mutter stellte einen großen Topf vor ihnen ab, sah mich und strahlte wie immer.

»Da bist du ja«, sagte sie und umarmte mich, dann legte sie eine Hand an mein Gesicht. »Du bist ganz blass. Du solltest nicht soviel abgeben.«

»Schon in Ordnung, Mutter.«

Sie sah mich traurig an, entgegnete jedoch nichts.

Kaum das wir alle saßen, füllte sie jedem von uns eine Schüssel mit Eintopf.

»Schon wieder nur Gemüse«, sagte Cally leicht angewidert.

»Ab morgen gibt es dank deinem Bruder Reis mit Gemüse«, entgegnete Mutter.

Meine kleine Schwester verdrehte kurz die Augen.

»Wie konntest du bitte drei Beutel abgeben und dann noch hierherlaufen?«, fragte Ben, nachdem wir zu essen begonnen hatten.

»Es waren keine drei, es waren zwei.«

»Sie haben dir drei Säcke Reis für zwei Beutel Blut gegeben?«, fragte Ilona.

Ich schüttelte den Kopf. »Natürlich nicht. Jemand anderes hat mir den Dritten geschenkt.«

Ben hielt inne. »Jemand anderes?«

Ich zuckte mit den Schultern. »Ich weiß nicht, warum er das getan hat. Ich hab ihn noch nie zuvor gesehen.«

»Nun, wer weiß wie mitleidig du nach zwei Beuteln Blut ausgehen hast.«

»Ben!«, mahnte Mutter.

»Schon in Ordnung, Mutter«, wiederholte ich meine eigenen Worte.

Lange nach dem Essen saß ich noch auf meiner Bettkante. An Schlaf war nicht zu denken. Stattdessen betrachtete ich die kleine Nachricht auf dem zerknüllten Papier. Mit der Sonne und dem Pfeil konnte nur der Sonnenaufgang gemeint sein. Wenn ich mich also dazu entschied, zum Treffpunkt zu gehen, musste ich jetzt aufbrechen.

Ich öffnete die Schublade meines Nachttisches und legte den Zettel hinein. Ich wollte sie wieder schließen, doch da fiel mein Blick auf Rains Umhang. Mit meiner linken Hand strich ich über den schwarzen Stoff, dann zog ich ihn heraus und roch daran. Ich wollte ihren Duft inhalieren, wie ich es unzählige Male in den vergangenen Monaten getan hatte. Doch er roch schon seit einiger Zeit nicht mehr nach ihr.

Ich erinnerte mich daran, wie sie ihn mir gegeben hatte, als wäre es gestern gewesen. Kurz bevor sie zurück ins Humanodrom gegangen war. Es war das letzte Mal gewesen, dass wir einander hatten küssen können. Ich hatte mich nicht mal richtig von ihr verabschiedet. Zu groß war meine Angst gewesen, ihr zu schaden, wenn die anderen Vampire von unserer Liebe erfuhren. Und nun war ich hier und sie dort. Die Erinnerung an sie und ihren Umhang, mehr war mir nicht geblieben.

Ich legte den Umhang zurück in die Schublade und schob sie wieder zu. Mein Entschluss stand fest.

Keine Viertelstunde später schlich ich mich nach unten in die Küche, um mir ein Stück Brot einzupacken. Dann zog ich meine Jacke an, schlüpfte in meine dicken Stiefel und öffnete die Haustür.

»Du gehst schon wieder?«

Cally stand plötzlich am Fußende der Treppe. Sie trug ihren lila-weiß gepunkteten Schlafanzug, ihr langes Haar war zu einem krausen Zopf gebunden.

Hugo stand direkt hinter ihr, gab aber zu meinem Glück keinen Ton von sich.

»Cally«, flüsterte ich.

Sie kam langsam auf mich zu geschlurft. Ihre Unterlippe zitterte leicht.

»Ich muss etwas erledigen. Aber ich bin wieder da, noch bevor du wieder aufwachst, und dann können wir deinem Schneemann eine Freundin bauen, ja?«

»Okay«, sagte sie.

»Okay«, antwortete ich, drückte sie noch einmal an mich und gab ihr einen Kuss aufs Haar. »Ich hab dich lieb, Sonnenschein.«

»Ich hab dich auch lieb, Aidan.«

Ich öffnete abermals die Tür. »Und jetzt husch schnell wieder ins Bett, bevor Mutter und Ben wach werden.«

Sie nickte stumm.

Mit einem letzten Blick auf sie trat ich nach draußen und schloss langsam die Tür hinter mir.

Hoffnung

Ich wusste nicht, ob der Weg zum Windrad schon immer so lang gewesen war oder ob es mir nur so vorkam, weil der Blutverlust noch immer an mir zerrte. Auf jeden Fall war ich erleichtert, als ich das kaputte Windrad endlich erreichte. Auf dem Boden lag noch immer das abgefallene Rotorblatt. Statt von Moos und anderen Pflanzen war es nun mit Schnee bedeckt. Ich ging zur Tür auf der anderen Seite des Rades. Es war nicht das erste Mal, dass ich ein Windrad betrat. Für gewöhnlich besuchte ich eines in der Erntezeit, um Strom für das Ladegerät unserer Autobatterie abzuzapfen. Wahrscheinlich hatte sich Noah deshalb das kaputte Windrad ausgesucht. Kein Unbeteiligter würde hier versehentlich auf uns stoßen.

Umso verwunderter war ich, im Inneren neben Noah noch einen weiteren Menschen zu sehen. Einen, den ich kannte.

Ihr pechschwarzes Haar und ihr hübsches Gesicht mit den asiatischen Zügen waren unverkennbar. Im Licht der letzten Neonröhre, die hier drin noch leuchtete, sah ihre helle Haut noch etwas bleicher aus.

»Schön, dass du meinem Aufruf gefolgt bist«, begrüßte mich Noah.

Ich nickte ihm nur kurz zu, dann wandte ich mich an die junge Frau. »Evelyn?«

»Aidan.«

»Ihr kennt euch?«, fragte Noah.

»Ja«, antwortete ich schlicht.

»Könnte man so sagen«, sagte Evelyn verhalten. Auch sie schien kein Interesse daran zu haben, Noah zu erzählen, dass wir vor einigen Jahren etwas miteinander gehabt hatten.

Ich wandte mich wieder an Noah. »Warum sind wir hier?«

»Ihr seid hier, weil ihr mir aufgefallen seid.«

»Aufgefallen?« Ich machte einen Schritt zurück. »Bist du von der Regierung?«

»Gott bewahre, nein«, sagte er.

Evelyn legte eine Hand an meinen Oberarm. »Aidan, Noah will uns helfen.«

»Wie?«

»Ich war letzte Woche Blut spenden. Dabei wurde ich von der Lotterie gezogen«, sagte sie.

»Was?!«

»Sie ist der eine Glückspilz unter tausend Leidenden, der diese Woche eine kostenlose Umwandlung gewonnen hat«, kam es von Noah.

»Ich weiß, was die Lotterie ist«, sagte ich.

»Ich will das nicht, Aidan. Ich möchte nicht so sein wie sie. Wie diese Monster.«

In Evelyns Augen sah ich Angst.

Ein Teil von mir wollte ihr sagen, dass nicht alle Vampire Monster waren. Der andere hielt ihn jedoch erfolgreich zurück. Stattdessen wandte ich mich wieder an Noah. »Und wie willst du verhindern, dass sie sie mitnehmen?«

Er begann mit vor der Brust verschränkten Armen durch den kleinen Steuerraum zu laufen. »Indem ich sie aus der Kartei tilge.«

»Wie das?«

»Das ist eine lange Geschichte.«

»Nur zu, ich habe Zeit.«

»Nicht so viel Zeit wie die, die uns jagen.«

Ich musterte ihn stumm.

»Ein Mensch, der bei der Blutspende mit den Vampiren scherzt, ist waghalsig, hast du gesagt«, erinnerte er mich.

»Ja.«

»Gleichzeitig warst du – unter all diesen Menschen – der, der mich am finstersten angefunkelt hat. Und sie war eine der wenigen, die bei der

Verkündung ihres Preises nicht in Freudentränen ausgebrochen ist, sondern der Verzweiflung nahe war.« Er blieb stehen und sah uns beide an. »Ich habe euch kontaktiert, weil ihr diejenigen wart, die genug Hass auf die Vampire verspüren, um unsere Mission nicht zu verraten.«

»Mission?«, fragte ich.

Er trat näher.

»Wenn ich dir erzählte, dass es einen Ort gibt, an dem es medizinische Versorgung, Strom und fließendes Wasser gibt. An dem du Nahrung erhältst ohne Gegenleistung. An dem Kinder nicht bangen und Menschen nicht leiden müssen, was würdest du darauf antworten?«

»Ich würde antworten, dass du das Buch zuklappen solltest.«

»Traust du dich nicht, umzublättern, Aidan?«

Ich schüttelte langsam den Kopf.

Er trat noch näher. Ich konnte mein Spiegelbild im Blau seiner Augen sehen. »Was hast du denn zu verlieren?«

»Wann?«

»In einer Woche. Genau hier, selber Ort, selbe Zeit.«

»Nur ich allein?«

»Du kannst deine Familie mitbringen, wenn du es möchtest.«

»Kann ich zurückkehren?«

»Ja. Du wirst kein Gefangener sein, sondern ein Gast.«

Ich nickte. »Ich werde da sein.«

»Ich freue mich.«

* * *

Noch am Morgen kam ich wieder zur Farm zurück. Für gewöhnlich schliefen wir in den Wintermonaten länger. Je mehr Energie wir sparen konnten, desto weniger Nahrung verbrauchten wir. Ich rechnete daher nicht damit, jemanden anzutreffen und wollte mich einfach in mein Bett schleichen. Doch ich hatte die Haustür noch nicht hinter mir geschlossen, da sah ich Mutter an ihrem Platz am Esstisch sitzen. Vor ihr stand eine Kerze, die bereits ein gutes Stück abgebrannt war. Ein Teil des Wachses war an der Seite heruntergelaufen und auf den Holztisch getropft. Es schien sie nicht zu kümmern.

Ich trat näher und sah Tränen in ihren Augen.

»Mutter?«

»Wo bist du gewesen?«, fragte sie mit zittriger Stimme.

»Beim Windrad«, antwortete ich.

»Um Strom für das Auto zu holen? Es ist Winter, Aidan. Der Wagen ist nicht auf Schnee ausgelegt und das weißt du auch.«

Ich hielt kurz inne, überlegte ob ich ihr sagen sollte, warum ich dort gewesen war. Letztlich entschied ich mich dagegen und ging stillschweigend an ihr vorbei in Richtung Treppe.

»Ist es noch immer *ihretwegen*?«

Ich blieb auf der ersten Treppenstufe stehen.

»Es ist inzwischen zwei Jahre her, Aidan. Der Zugang wurde verschlossen. Du hast es selbst gesehen. Es gibt keinen Weg für dich dorthin und für sie keinen zu dir. Du musst loslassen und weiterleben.«

Ich drehte mich noch einmal zu ihr um, sagte jedoch nichts. Dann ging ich einfach die Treppe hinauf in mein Zimmer und zog die Tür hinter mir zu. Jacke und Schuhe zog ich aus. Den Rest behielt ich an und legte mich ins Bett.

Die Müdigkeit überkam mich sofort. Ich war im Begriff, vollkommen darin zu versinken, da hörte ich, wie jemand meine Tür öffnete. Ich drehte mich rasch um und erwartete Mutter im Türrahmen. Zu meiner Verwunderung stand dort jedoch meine kleine Schwester.

»Cally«, sagte ich müde.

»Darf ich mich zu dir legen?«, fragte sie zuckersüß. Sie trug noch immer ihren Schlafanzug.

Zur Antwort rückte ich ein Stück nach hinten und hob meine Decke an.

Ohne Zögern schloss sie die Tür und schlüpfte zu mir ins Bett.

»Das mit Mama tut mir Leid. Sie hat mich erwischt, als ich in mein Zimmer gehen wollte, und mich gefragt, warum ich weine. Ich habs nicht geschafft, sie anzulügen.«

»Ist schon okay, Sonnenschein. Lügen sind sowieso nicht schön«, murmelte ich bereits etwas schlaftrunken und legte die Decke um uns.

Ich vernahm noch, wie sie sich enger an mich schmiegte, dann fiel ich in einen traumlosen Schlaf.

Es war das einfallende Sonnenlicht, das mich wieder weckte. Ich war allein, Cally lag nicht mehr bei mir.

Ich warf einen Blick aus dem Fenster. Der Stand der Sonne verriet mir, dass wir bereits späten Nachmittag hatten. Kein Wunder, dass Cally nicht mehr da war. Stattdessen entdeckte ich sie beim Blick aus dem Fenster mit Ilona und Ben auf der Wiese vor dem Haus.

Noch immer nicht gänzlich erholt, stand ich auf, zog mir etwas Warmes an und ging zu ihnen nach draußen. Meine kleine Schwester kam sofort auf mich zu und umarmte mich. Ben und Ilona nickten mir nur zu.

»Können wir reden?«, fragte ich an meinen kleinen Bruder gerichtet. »Unter vier Augen?«

»Klar«, sagte er, gab seiner Freundin einen flüchtigen Kuss und folgte mir.

Wir liefen in die verschneiten Äcker. Von einer dicken Schneeschicht begraben, ragten nur noch einige wenige, gefrorene Stummel empor.

»Also? Was gibt es?«, wollte er wissen, kaum das wir außer Hörweite der Mädchen waren.

»Ich hatte dir doch erzählt, dass mir jemand den dritten Sack Reis geschenkt hat.«

»Ja, hattest du.«

»Nun, ich habe mich letzte Nacht noch einmal mit ihm getroffen. Draußen am zweiblättrigen Windrad.«

»Und?« Mein Bruder schien unbeeindruckt von meinem nächtlichen Ausflug.

»Er hat mir von einem Ort erzählt, an dem die

Menschen in Frieden leben können. Mit Strom und fließendem Wasser.«

Ben lachte bitter. »Und das glaubst du?«

»Hast du schon mal davon gehört?«

»Natürlich. Wer nicht? Wenn die Menschen die Hoffnung auf ein solches Leben verlieren, brauchen sie auch keinen Sack Reis mehr, der sie über den Winter rettet.«

»Du hältst es also für ein Gerücht?«

Ben lachte etwas lauter. »Ich bin vielleicht der Jüngere, aber du bist definitiv der Naivere.«

Ich blieb stehen. »Was, wenn es stimmt? Wenn es diesen Ort wirklich gibt?«

Ben tat es mir gleich. »Was, wenn es nicht stimmt? Wenn dieser Bastard für die Regierung arbeitet und dich in eine Falle locken will?«

»Diese Mühe würden sie sich nicht machen. Da gibt es leichtere Wege.«

»Die Ewigkeit kann verdammt langweilig sein. Wer weiß, was in den Köpfen der Blutsauger vorgeht.«

»Ich werde vorausgehen, um sicherzugehen, dass alles mit rechten Dingen zu geht.« Ich legte meine Hände auf seine Schultern und sah ihn eindringlich an. »Passt du solange auf unsere Familie auf, während ich weg bin?«

»Natürlich. Immer«, antwortete er.

»Letztes Mal nicht«, erinnerte ich ihn.

Er schob meine Hände weg. »Ich dachte, du bist nur einen halben Tag weg. Wie sollte ich ahnen, dass du in ein Loch fällst und über einen Monat mit dem Feind schläfst?«

»Sie ist nicht unser Feind«, knurrte ich.

Ben hob die Hände. »Schon gut, schon gut. Ich werde auf jeden Fall auf alle aufpassen, bis du zurückkommst. *Falls* du zurückkommst.«

»Danke, Kleiner.« Ich umarmte ihn. Er stand etwas steif und unbeholfen da, dann strich er mir verhalten über den Rücken.

* * *

Wenige Tage später packte ich im Halbdunkel meiner Mondlampe meinen Rucksack. Etwas zu essen und zu trinken, ein Messer und eine ältere Karte. Mehr brauchte ich nicht. Ich wollte gerade die Kerze löschen, da wanderte meine Hand fast von selbst zur Schublade meines Nachttisches und zog Rains Umhang heraus. Ohne genau zu wissen, warum, öffnete ich den Reißverschluss des Rucksacks und stopfte den Umhang in die Seitentasche.

Nachdem ich meine Zimmertür zugezogen hatte, schlich ich mich durch den Flur und in das Zimmer meiner kleinen Schwester. Sie lag in ihrem Bett und schlief tief und fest. Hugo, im Körbchen neben ihrem Bett, hob aufmerksam den Kopf und stellte die Ohren auf. Ich legte einen Finger auf die Lippen und streichelte ihn kurz.

»Braver Junge, schön leise sein«, flüsterte ich.

Dann kniete ich mich vor ihr Bett, strich ihr noch einmal übers Haar und gab ihr einen Kuss auf die Stirn. *Wiedersehen, Sonnenschein. Wenn alles klappt, hast du vielleicht bald eine richtige Zukunft.*

Das Windrad stand so einsam auf seiner Anhöhe wie eh und je. Ich sah die anderen, noch funktionierenden Windräder in der Ferne. Während sie sich unablässig drehten, um nicht festzufrieren, schritt ich an dem Berg aus Eis und Schnee vorbei, unter dem das dritte Rotorblatt begraben lag. Nur einige frische Spuren im Schnee verrieten mir, dass hier vor kurzem noch andere gewesen waren. Ich folgte den Spuren bis zur Tür. Drinnen vernahm ich leises Gemurmel. Einen Moment zögerte ich noch und dachte an das, was Ben gesagt hatte. Dass es möglicherweise eine Falle sein könnte und es besser wäre umzukehren. Die Entscheidung wurde mir schließlich abgenommen, als sich die Tür öffnete und eine Frau mit dicker Kapuze vor mir erschien. Sie sah besorgt zu mir auf.

Ich trat in den Raum und Noah kam auf mich zu. »Ah, ich dachte schon, du kommst nicht.«

»Warum sollte ich nicht?«, fragte ich.

»Nun, deine kleine Freundin hat sich wohl dagegen entschieden.«

»Eve? Sie ist nicht hier?«

Noah schüttelte den Kopf. »Nichtsdestotrotz müssen wir jetzt los. Wir haben einen weiten Weg vor uns und das Wetter wird nicht besser.«

Von der Frau kam ein Wimmern. Erst jetzt fiel mir auf, dass sie einen Säugling unter dem Mantel trug. Nur das kleine Köpfchen guckte heraus.

Abgesehen von ihr waren noch zwei weitere Menschen mit uns im Raum. Beides junge Männer. Der eine war groß und dünn, der andere kleiner und etwas breiter.

»Folgt mir und versucht möglichst in meine Fußspuren zu treten. Wir wollen nicht das jemand erfährt, wie viele wir sind.« Mit diesen Worten öffnete Noah die Tür und trat hinaus ins Freie. Wir folgten ihm.

Wir waren etwa hundert Meter gelaufen, da hörten wir in der Ferne Rufe und blieben stehen.

»Halt! Halt, bitte! Bitte wartet!« Es war eine weibliche Stimme und sie kam näher.

»Na sieh mal einer an«, sagte Noah.

Aus dem Schneegestöber trat Evelyn. »Tut mir leid«, sagte sie etwas außer Atem. »Ich wurde aufgehalten.«

»Ist dir auch niemand gefolgt?«, fragte Noah.

Sie schüttelte den Kopf. »Nein.«

»Ganz sicher?«

Evelyn nickte eifrig.

»Gut, weiter gehts.«

* * *

Wir liefen den ganzen Tag und die halbe Nacht. Die meiste Zeit im Schutz der Bäume dichter Wälder. Es war bereits dunkel und die Temperaturen stark gefallen, als Noah uns schließlich zu einer Höhle führte.

»Hier werden wir rasten, bis die Sonne wieder hoch am Himmel steht. Ich werde uns etwas zum Essen machen. Versucht danach, etwas zu schlafen. Der Weg morgen wird weder leichter noch kürzer als der heutige.«

Er griff in seine Tasche, zog etwas kleines Schwarzes hervor und leuchtete damit in den hinteren Teil der Höhle. Ich wusste nicht, was mich mehr faszinierte: Die Tatsache, dass er hier Kisten mit Schlafsäcken, Geschirr und Nahrungsmitteln vorbereitet hatte, oder die, dass er Licht ohne Feuer machen konnte. Ja, sogar ohne Stromaggregat.

Er holte einen schwarzen Block aus einer Kiste am Rand der Höhle, stellte ihn auf den Boden und legte fünf Schlafsäcke um ihn herum.

Eve inspizierte neugierig den Block. »Was ist das?«

»Das ist ein Heizgerät mit Infrarotlicht. Es wärmt sehr gut und erregt in der Dunkelheit weniger Aufmerksamkeit als Feuer«, sagte Noah.

Wenig später gesellte ich mich zu ihm, während er uns auf einer wärmenden Glasplatte eine warme Suppe kochte. »Ihr habt also wirklich Strom.«

»Dachtest du, ich lüge?«, antwortete er gelassen, während er die Flüssigkeit mit einer Kelle in Schalen abfüllte. Eine davon reichte er mir.

»Ist das so abwegig?«

Er lachte. »Weniger abwegig als die Geschichte eines sagenumwobenen Ortes mit Wasser und Strom für jemanden, der nur Feuer und Bäche kennt, schätze ich.«

»Kann man so sagen. Ja.«

»Ich finde das sehr traurig.« Bitterkeit lag in seiner Stimme.

»Was?«

»Wir hatten alles. High Tech. Selbstfahrende Fahrzeuge. Kommunikation über Meere und Kontinente hinweg. Und jetzt haben wir gar nichts mehr. Innerhalb weniger Jahrzehnte zurückgeworfen ins Mittelalter. Und für was?«

»Für ewiges Leben?«, antwortete ich, während Noah die Schalen an die Anderen verteilte.

»Für einen Teil der Bevölkerung. Der andere

Teil hat unter den Privilegierten zu leiden und das sollte nicht so sein.«

»Das stimmt«, erwiderte ich, doch er reagierte nicht.

»Nun«, sagte er schließlich. »Such dir einen Platz zum Schlafen.«

Ich ging hinüber zu einem der zwei freien Schlafplätze.

Links neben mir saß Eve und aß ihre Suppe derart schnell, dass man meinen konnte, sie habe seit Wochen nichts mehr gegessen.

»Das schmeckt gut«, sagte sie zufrieden, während ein kleines Rinnsal ihr Kinn herablief.

Ich deutete auf dieselbe Stelle an meinem Kinn. »Du hast da was.«

»Oh.« Sie wischte es hastig mit dem Ärmel ab.

Mit wenigen Schlucken leerte ich meine eigene Schale und leckte mir anschließend kurz mit der Zunge über die Lippen. Dann bemerkte ich, dass sie mich ansah.

»Damals hättest du sie mir mit dem Daumen

vom Kinn gewischt und mich geküsst«, erinnerte sie mich.

Ich stellte die Schüssel weg und legte mich hin. »Damals.« Dann drehte ich ihr den Rücken zu.

Noah sollte Recht behalten. Unsere Wanderung am nächsten Tag war kein Stück einfacher als die am Vortag. Insbesondere da wir gegen Nachmittag den Weg in die Berge einschlugen. Immer häufiger erwischte ich mich dabei, wie ich mich nach der jungen Frau mit dem Baby umdrehte. Mir war klar, warum sie diese anstrengende Reise auf sich nahm: Sie wollte ihrem Kind mehr bieten als ein hartes Leben als wandelnde Blutbank.

Ich ließ mich etwas zurückfallen, bis ich neben ihr lief. »Wenn Sie möchten, kann ich Sie und das Baby ein Stück tragen.«

Ohne stehen zu bleiben, drehte sie ihren Kopf in meine Richtung, schüttelte ihn dann aber. »Danke, aber es geht schon.«

Ihre Stimme war sehr leise und zart. Man

musste schon genau hinhören, um jedes ihrer Worte zu verstehen.

»Gut, aber … Falls doch, melden Sie sich einfach, ja?«

»Ja, danke«, sagte sie lächelnd. »Und du kannst mich Lucy nennen, wenn du möchtest.«

»Gerne. Und ... Wer ist das?« Ich deutete mit einem Kopfnicken auf das Bündel in ihren Armen.

»Jimmy.«

»Wie alt ist denn der kleine Mann?«

»Knapp drei Monate«, antwortete sie.

»Wow, das ist jung.«

»Ich weiß«, sagte sie. »Aber wenn sich eine solche Gelegenheit bietet, sollte man sie nicht verstreichen lassen.«

»Das stimmt. Wo ist denn sein Vater?«

»Nicht hier«, antwortete sie, dann senkte sie den Blick und ging zügig weiter.

Ich schluckte und sah ihr nach. Feinfühligkeit war nicht gerade eine meiner besten Eigenschaften, trotzdem oder gerade deswegen hatte ich nicht mit dieser Reaktion gerechnet. Ich zog noch in Erwägung ihr nachzulaufen und mich zu entschuldigen, als wir schlagartig allesamt stehen blieben.

»Da sind wir«, sagte Noah.

Wir standen am Waldrand. Weiter hinten sah ich Berge, vor uns lag eine große Wiese. Auf ihr standen mehr Menschen, als ich je gesehen hatte, abgesehen vielleicht von den Essensausgaben der Vampire oder den Zusammenkünften der ersten großen Rebellion in meiner Jugend. Über fünfzig Menschen hatten sich eingefunden und standen wie wir in kleinen Gruppen zusammen.

Bevor ich Noah fragen konnte, was das bedeutete, hörte ich plötzlich ein lautes Dröhnen.

Ich kannte das Geräusch nur zu gut und alle anderen Anwesenden taten das auch. Ein Helikopter bedeutete nichts Gutes, denn er war Technik, und Technik hatten nur die Blutsauger. Instinktiv versuchte ein Teil der Menschen, in den Wald hinein zu fliehen .

»Ganz ruhig!«, rief Noah und hob die Arme. »Keine Angst, es ist alles gut!«

Seine Stimme kam kaum gegen den lauten Motor an.

Neben mir hielt Lucy ihrem Säugling die Ohren zu. Ohne wirklich darüber nachzudenken, legte ich meine Hände auf ihre Ohren.

Der Helikopter flog über uns hinweg und landete nicht weit entfernt auf der Wiese. Als er leiser wurde, nahm ich meine Hände wieder von Lucys Ohren, und sie lächelte mir dankbar zu.

»Kommt!«, sagte Noah. »Kommt mit«, und befahl uns mit einer Geste, ihm zu folgen. Etwas zögerlich liefen wir ihm nach, bis wir nur noch ein paar Meter vom Helikopter entfernt waren.

Ich sah mich um und bemerkte, dass auch die anderen Gruppen alle einen Anführer hatten, die nun mit ihren Leuten näher kamen.

Ich musterte die Maschine vor mir. Die Motoren wurden langsamer, das Dröhnen nahm ab. Die Frontscheiben waren verdunkelt und auch der Rest war pechschwarz, ohne Aufdrucke oder Ähnlichem, so dass der ganze Helikopter wie ein dunkler Fleck in der weißen Landschaft wirkte.

Die Tür des Helikopters öffnete sich wie von Geisterhand und eine Treppe schwebte herab. Noah setzte sich in Bewegung, stieg die wenigen Stufen hinauf und begann von dort oben zu sprechen.

»Ich weiß, dass euch das hier Angst macht und dass es befremdlich auf euch wirkt. Aber es ist leider notwendig. Schon bald werdet ihr alles verstehen.« Er machte eine kurze Pause, um seine Worte wirken zu lassen. »Ich möchte, dass ihr in den Helikopter steigt, wenn euer Gruppenleiter euch dazu auffordert. Wer nicht aufgerufen wurde, tritt bitte zurück, damit der Helikopter starten kann. Macht euch bitte keine Sorgen. Alle werden nach und nach mitgenommen.«

Er warf einen Blick zu einer jungen, brünetten Gruppenleiterin rechts neben uns. Sie nickte ihm zu, dann widmete sie ihre Aufmerksamkeit ihrer Gruppe: »Okay, ihr habt Noah gehört. Bitte folgt mir jetzt. Und zwar einer nach dem anderen. Nicht drängeln. Wir sind nicht an der Essensausgabe der Blutbank.«

Auf der anderen Seite gab ein Gruppenleiter seiner Gruppe die gleiche Anweisung. Noah kam währenddessen zu uns zurück. »Folgt mir bitte.«

Wir gingen einige Meter über die Wiese und setzten uns am Waldrand auf eine schneefreie Stelle. Die übrigen Gruppen zogen sich ebenfalls zurück. Dann beobachtete ich, wie sich die Tür des Helikopters schloss und seine Motoren langsam wieder anliefen.

»Wann sind wir dran?«, fragte Eve, kaum dass die Maschine am Horizont verschwunden war und wir unsere eigenen Stimmen wieder hören konnten.

»Als letzte«, antwortete Noah und lächelte dabei, offensichtlich in vollem Bewusstsein, dass diese Antwort ihr nicht gefiel.

»Als letzte?«, fragte sie mit einem Anflug von Empörung in der Stimme.

»Ich bin Hauptleiter. Ich kann nicht einfach einsteigen, solange hier noch Gruppen warten.«

»Wie lange dauert es, bis er zurückkommt? Was, wenn es dunkel wird und hier Blutsauger auftauchen?«

»Das wird nicht passieren«, antwortete er.

Eve sah ihn finster an. »Wie kannst du dir da so sicher sein?«

Noahs Antwort war ein Lächeln. Eves Blick verfinsterte sich noch ein wenig mehr.

Ich legte meine Hand auf ihre Schulter. »Wenn er das sagt, wird das schon stimmen. Ich denke, er macht das hier schon etwas länger.«

Sie drehte sich zu mir um. »Es gibt immer ein erstes Mal. Kein Wunder, dass sie dir den Arm abgerissen haben, so leichtsinnig wie du bist.«

Ich hob zur Antwort meine in Leder gepackte Rechte. »Wenn man es genau nimmt, war es nur die Hand und ein Stück meines Unterarms.«

»Wie auch immer.«

Etwa dreißig Minuten später hörten wir abermals den Helikopter näher kommen. Nachdem er gelandet war und sich die Tür geöffnet hatte, blieben wir an Ort und Stelle sitzen und sahen gemeinsam mit Noah zu, wie die nächsten zwei Gruppen einstiegen.

Das Ganze wiederholte sich anschließend noch zwei weitere Male. Als der Helikopter ein fünftes Mal auf der Wiese landete, war der Himmel bereits in das Orangerot der Abendsonne gehüllt und unter den Wartenden machte sich eine spürbare Unruhe breit.

Ein älterer Mann stieß schließlich einen Jüngeren weg, als dieser im Begriff war in den Helikopter zu steigen. Der Junge wusste gar nicht, wie er sich zu verhalten hatte und machte ein paar Schritte zurück.

Noah stand auf und ging dazwischen. »Was wird das, wenn's fertig ist?«, fragte er an den Älteren gerichtet.

»Es wird dunkel, es ist kalt und ich warte hier schon viel zu lange! Die Älteren sollten Vortritt haben!«

»Da hinten sitzt eine junge Frau mit einem Säugling. Meinen Sie, sie hätte sich einmal darüber beschwert, dass sie hier warten muss?«

Der Mann erwiderte nichts.

»Nein«, beantwortete Noah seine eigene Frage. »Weil sie schon viel länger auf diese Chance gewartet hat als ein paar Stunden. Und weil sie weiß, dass wir sie keiner Gefahr aussetzen, wenn wir sie hier warten lassen. Und jetzt lassen Sie die Gruppe fertig einsteigen, sonst werden Sie noch viel länger warten müssen und die junge Frau und ihr Baby ebenso.«

Der Alte senkte betroffen den Blick und kehrte zu seiner Gruppe zurück. Der junge Mann mit seiner Gruppe konnte weiter einsteigen.

Noah gesellte sich wieder zu uns. »Siehst du jetzt, warum ich nicht einfach gehen kann?«, sagte er an Eve gewand.

Sie nickte. »Ja, schon gut.«

»Diese Menschen sind verzweifelt und ich kann verstehen, warum sie so handeln, wie sie handeln. Aber ohne gute Führung verhalten sie sich manchmal nicht besser als das Vieh, das sie in den Augen der Vampire sind.«

Er strahlte Autorität und Weisheit aus, angesichts seines Alters recht bemerkenswert.

Eve wirkte neben ihm wie ein trotziges Kind.

Schließlich, die Sonne war bereits untergegangen, waren wir an der Reihe. Noah stand am Fuß des Einstiegs und nickte jedem aufmunternd zu, ehe er oder sie im Inneren des Helikopters verschwanden. Ich war als letzter an der Reihe. Der Innenraum war dezent beleuchtet und erinnerte mich stark an die Hovercars in Vampirya. Nur, dass hier alles in Schwarz, statt in Weiß gehüllt war, und wir uns auf dunkelroten Sitzbänken gegenüber saßen. Hatten die schwebenden Fahrzeuge noch abgedunkelte Scheiben gehabt, konnte man hier gar nicht nach draußen sehen.

Ich setzte mich in Flugrichtung an den äußersten Platz. Der Helikopter hatte, im Gegensatz zu den Hovercars, eine Art Pilotenkabine. Noah setzte sich mir gegenüber auf den letzten Platz.

Niemand sagte etwas, als wir abhoben. Alle lauschten dem Dröhnen der Motoren, das hier drin deutlich leiser war als draußen auf der Wiese.

Das Baby in Lucys Armen schlief seelenruhig. Der Kleine erinnerte mich an meine Schwester. Als Cally geboren worden war, war ich siebzehn und der Verlust unseres Vaters noch sehr frisch gewesen. Unsere Mutter fiel in ein tiefes Loch, also half ich ihr, so gut ich konnte. Immer dann, wenn Cally einfach nicht aufhören wollte zu schreien, wenn weder Füttern, noch Wickeln, noch behutsames Auf- und Ablaufen und Wiegen Wirkung zeigten, legte ich sie in das Auto und fuhr mit ihr herum. Es war mir egal, dass ich die Benzinkanister verbrauchte, die unser Vater so mühsam gesammelt hatte. Ich war einfach froh, dass die Motorengeräusche und das Rütteln sie beruhigten. Ich ertrug es nicht, meine kleine Schwester weinen zu hören.

Bei der Erinnerung an das kleine Baby auf meinem Beifahrersitz stahl sich ein Lächeln auf mein bis dato angespanntes Gesicht. Dann wanderte mein Blick langsam hinüber zur Pilotenkabine. Sie war nicht beleuchtet, die beiden Piloten, ein Mann und eine Frau, lagen im Dunkeln und das Gitter erschwerte mir die Sicht. Doch etwas machte mich stutzig, nun da ich sie näher betrachtete. Ich musste gar nicht viel von ihnen sehen, um zu erkennen, was. Es waren ihre fließenden, unnatürlichen Bewegungen, die sie verrieten. Jene Art sich zu bewegen, die sie alle kennzeichnete. Sie, die uns jagten. Sie, die uns benutzten.

Die Piloten waren Vampire.

»Aidan?« Noah hatte bemerkt, dass sich in meinen Augen etwas verändert hatte. Ich musterte ihn ungläubig. War alles nur gelogen? Arbeitete er wirklich für sie? Hatte er diesen ganzen

Aufwand betrieben, um uns auszuliefern? Waren wir alle nur Opfer in einem neuen perversen Plan ihrer Regierung?

Mir kamen Bens Worte in den Sinn. *Die Ewigkeit kann verdammt langweilig sein. Wer weiß, was in den Köpfen der Blutsauger vorgeht.*

»Aidan?«, fragte Noah noch einmal.

Ruckartig stand ich auf, riss die Seitentür auf und zog ihn von seinem Sitz. Mit aller Kraft presste ich ihn auf den Boden, sein Kopf hing über der Schwelle, sein roter Zopf und sein grüner Schal wehten im Luftzug der dröhnenden Propeller. Unter ihm lagen mehrere hundert Meter Nichts.

Hinter mir hörte ich das aufgeregte Rufen der anderen Passagiere. Doch ich drehte mich nicht um. Als mein Griff an seinem Kragen fester wurde, umklammerte er mit beiden Händen meine Handgelenke.

»Aidan, hör auf!«, rief er verzweifelt.

»Denkst du ernsthaft, ich erkenne Vampire nicht, selbst wenn sie mir den Rücken zudrehen?!«, brüllte ich.

»Es ist nicht so, wie du denkst«, presste er hervor.

Mit zusammengebissenen Zähnen zischte ich: »Ich weiß, ich kann nicht verhindern, dass sie uns fortbringen, aber allein um des kleinen Jimmy willens hoffe ich, dass du möglichst hart unten aufschlägst und deine verlogene Visage in tausend Stücke zerschellt! Bastard!«

»Scott? Was ist hier los?«

Ich drehte meinen Kopf leicht zur Seite. Die Co-Pilotin stand hinter mir und starrte mich an. Sie war fast so groß wie ich, dunkelhäutig und, ihren nackten Armen nach zu urteilen, gut trainiert. Krause Locken standen wild von ihrem Kopf ab und ließen ihn doppelt so groß wirken. Ihrer Haltung nach war sie drauf und dran mich anzuspringen.

»Schon gut, Vi«, rief Noah.

Überrascht sah ich zwischen den beiden hin und her.

Sie schien ebenfalls ziemlich verwundert, ließ jedoch die Schultern etwas sinken. Offensichtlich vertraute sie ihm.

»Aidan!« Noch immer fest in meinem Griff, schrie Noah mir seine Worte entgegen, in dem Versuch gegen die Motoren anzukommen. »Das hier ist ein vampyrianischer Helikopter. Wir benutzen ihn, um unbemerkt Personentransporte durchzuführen. Sie kontrollieren ihre eigenen Maschinen in der Regel nicht. Aber wenn sie es tun, meinst du nicht zwei vampirische Piloten mit sechs Menschen im Frachtraum erwecken weniger Misstrauen, als es zwei menschliche täten?«

Mein Griff wurde etwas schwächer. Was er da sagte, ergab nur Sinn, wenn er mit den Vampiren zusammenarbeitete.

»Ich kann verstehen, dass du ihnen gegenüber feindlich gesinnt bist, nach allem was sie dir und deiner Familie angetan haben. Aber nicht alle von ihnen sind schlecht. Mein Vater ist selbst einer von ihnen. Und neben ihm, Vi und Maik sind da draußen noch viel mehr Vampire, die ein gutes Herz haben.«

Seine Worte hörten sich an, als kämen sie aus meinem Mund. Vor zwei Jahren hatte ich etwas ganz Ähnliches gesagt, kurz nachdem ich *sie* kennengelernt hatte. Sie, die ich eigentlich hätte hassen sollen. Sie, die ich letztlich zu lieben gelernt hatte.

Ich ließ Noah los und ließ mich mit gesenktem Kopf auf meinen Platz fallen. Er stand auf, rückte sein Shirt zurecht und schloss dann die Tür. Vi ging zurück in die Pilotenkabine.

»Und mal ehrlich, Aidan, würden Vampire, die euch verschleppen wollen, euch nicht ordentlich festketten?«, sagte Noah schließlich, während er sich seinen Schal wieder ordentlich um den Hals wickelte. Meine Mundwinkel hoben sich leicht.

»Wir sind da«, kam es da von der Vampirin.

Eden

Wir landeten auf einer Anhöhe. Draußen begrüßte uns eine brünette junge Frau in schlichten Jeans und T-Shirt. Ihrer Augenfarbe und ihrem Hautton nach zu urteilen, war sie ein Mensch. »Herzlich willkommen, bitte folgt mir, ich bringe euch zu euren vorläufigen Schlafplätzen. Nach einem guten Frühstück und einer Routineuntersuchung werdet ihr morgen eure eigenen Wohnräume beziehen können.«

Ich verließ als Letzter den Helikopter. Lucy sah noch einmal zu mir zurück, ehe sie den anderen folgte. Der Pfad auf dem sie gingen, schien ins Tal zu führen. Links von ihnen war eine Felswand, rechts ein Geländer, hinter dem es mehrere dutzend Meter steil bergab ging.

Ich überlegte kurz, ihnen zu folgen, entschied mich dann aber doch dagegen. Stattdessen lief ich einfach geradeaus, quer über die Landeplattform. Am anderen Ende stellte ich mich an den Zaun, der mir bis knapp über den Bauchnabel reichte.

Von hier aus hatte ich den vermutlich atemberaubendsten Ausblick meines ganzen Lebens: Ein Tal, geschützt von riesigen Bergen und steilen Felsmassiven lag vor mir. Darin funkelte ein Lichtermeer, wie ich es noch nie zuvor gesehen hatte. Hunderte kleine Häuser mit beleuchteten Fenstern. Zwischen ihnen schlängelte sich ein kleiner Fluss, der auf der rechten Seite in einen See mündete. Dahinter machte das Tal eine Kurve, so dass ich den Rest davon nicht mehr sehen konnte.

»Willkommen in Eden«, hörte ich Noah hinter mir und drehte mich zu ihm um. Er kam auf mich zu, stellte sich neben mich und verschränkte die Arme über dem Geländer.

»Eden?«, fragte ich.

»Das ist der Name, den mein Vater diesem Ort gegeben hat, ja.«

»Scheint, als hätte er ein Faible für die Bibel.«

Noah lachte leicht. »Möglicherweise.«

»Das Paradies also, hm?«

»Ein Ort, an dem Menschen und Vampire friedlich koexistieren.«

»Hört sich gut an.«

»Ist es auch«, versicherte er mir.

Einen Moment lang sagte keiner von uns etwas. Wir standen einfach da und sahen auf das Lichtermeer.

Dann ergriff ich wieder das Wort. »Ähm ... Das, das mit dem«, ich gestikulierte mit den Händen und deutete auf meinen Hals, »tut mir leid.«

»Schon okay«, sagte er. »Wollen wir dann los?«

»Klar«, sagte ich.

Gemeinsam gingen wir den schmalen Weg, der von der Anhöhe hinab ins Tal führte. Noah schien zu merken, dass mir eine Frage auf der Zunge lag. »Was?«, fragte er nach einer Weile der Stille.

»Wenn dein Vater ein Vampir ist, macht dich das dann zu einem Halbvampir?«

Wieder ein leichtes Lachen, dann schüttelte er den Kopf. »Nein, ich bin zu hundert Prozent menschlich. Als ich gezeugt wurde, war mein Vater noch ein Mensch. Er und meine Schwester befanden sich bereits mitten im Verwandlunsprozess, da wurde bei der letzten Voruntersuchung meiner Mutter die Schwangerschaft festgestellt. Sie gaben ihr die Wahl: das Baby auszutragen und sich später verwandeln zu lassen oder es sofort zu tun und es verlieren. Sie entschied sich für mich. Doch als ich dann da war, wollte sie sich nicht mehr verwandeln lassen. Jetzt ist sie ein Mensch und der Rest meiner Familie nicht.«

»Verstehe«, sagte ich.

Erstaunt blieb ich ein paar Sekunden später stehen. Vor mir erhob sich ein leuchtender Baum. Der Stamm, die Äste, jedes einzelne Blatt leuchteten. Ich sah keine Lampe daran, er schien einfach von sich aus zu leuchten.

»Was ist das?«

»Das nennt sich Biolumineszenz. Wir nutzen die Pflanzen als natürliche Beleuchtung, um unsere Ressourcen zu schonen.«

»Und das macht der Pflanze nichts aus?«

»Ihnen geht es hervorragend. Es sind natürliche Stoffe, ähnlich denen, die Glühwürmchen produzieren.«

»Unglaublich.« Meine Worte waren kaum mehr als ein Hauch.

Nachdem sich meine erste Faszination gelegt hatte, gingen wir weiter.

Nach und nach sah ich immer mehr leuchtende Bäume und mir wurde klar, dass ein Teil der Lichter, die ich von oben gesehen hatte, wahrscheinlich gar nicht von Häusern gekommen war.

Schließlich erreichten wir ein etwas größeres Gebäude.

»Das ist das Auffangzentrum. Hier verbringen alle Neuankömmlinge ihre erste Nacht. Ich hole dich morgen nach deinem Frühstück wieder ab. In Ordnung?«

»Alles klar«, antwortete ich.

Noah schenkte mir noch ein Lächeln und ging, die Hände in die Hosentaschen gesteckt, in die entgegengesetzte Richtung davon.

»Noah!«, rief ich ihm hinterher.

Er drehte sich noch einmal um.

»Ich würde gern mal mit deinem Vater sprechen.«

»Morgen!«, rief er

Dann machte er erneut kehrt.

Erst als er in der Ferne kaum noch zu sehen war, ging ich schließlich in das Auffangzentrum. Drinnen wurde ich prompt von der jungen Dame begrüßt, die ich bei unserer Ankunft gesehen hatte.

»Oh, der Nachzügler. Hallo!«

»Hi«, sagte ich.

Sie führte mich in einen großen Raum mit mehreren kleinen Betten, die teilweise einzeln, teilweise in Zweier- oder Vierergruppen standen und mit schmalen Trennwänden umgeben waren. Die Leute, die hier schliefen, erkannte ich von der Wiese wieder.

Vor einem leeren Bett blieben wir stehen.

»Das ist Ihr Schlafplatz«, sagte sie und deutete auf das Bett. »Hier können Sie erstmal in Ruhe ausschlafen. Morgenfrüh sollten Sie dann aber bitte nüchtern zur Vorsorgeuntersuchung gehen. Danach wartet ein reichhaltiges Frühstück auf Sie, versprochen!«

»Alles klar. Kein Problem.«

»Gut, dann wünsche ich eine erholsame Nacht«, gab sie zurück und wand sich dann zum Gehen.

Ich legte den Rucksack neben das Bett, zog Jacke und Schuhe aus und roch an meinem Hemd. Ob sie hier auch Waschmöglichkeiten hatten? Zuhause hatte ich das Wasser vom See benutzt oder direkt darin gebadet, aber ich war mir ziemlich sicher, dass es hier fortschrittlichere Methoden gab.

Ich warf einen Blick hinter die nächste Trennwand. Dort lag ein junger Mann mit dunklem Haar, ebenso allein wie ich. Er schien noch nicht zu schlafen, denn er starrte mit offenen Augen an die Decke.

»Pssst«, flüsterte ich ihm zu. Da er nicht darauf reagierte, stand ich auf und ging zu ihm herüber. »Abend, Nachbar.«

Er saß sofort senkrecht in seinem Bett und sah mich erschrocken an. Er war ziemlich dünn und das graue Shirt und die verschlissene Hose, die er trug, waren ihm viel zu groß.

»Ganz ruhig.« Ich hob beschwichtigend eine Hand. »Ich suche eine Toilette und eine Möglichkeit, mich zu säubern«, sagte ich vorsichtig.

Er sammelte sich recht schnell wieder und nickte eifrig. »Natürlich, klar, Moment.« Er stand auf und bedeutete mir, ihm zu folgen. Tatsächlich mussten wir bis ans andere Ende des Raumes laufen, doch dann standen wir inmitten der *sanitären Anlagen*, wie es so schön auf dem Schild hieß.

Ich legte meine rechte Hand auf seine Schulter. »Danke, mein Freund.«

»Simon«, antwortete er. »Ich heiße Simon.«

»Hi, Simon. Ich bin Aidan.«

Wir reichten einander die Hände. Durch die Prothese spürte ich Handschläge generell nicht, doch ich konnte selbst im schwummrigen Licht hier drin erkennen, dass seiner lasch war.

»Gut, dann werde ich jetzt erstmal duschen. Danke, dass du mich hergebracht hast, Simon.«

Er sah kurz zu den Duschen, dann wieder zu mir. »Was dagegen, wenn ich mitdusche?«

Ich zuckte die Schultern. »Nein, warum sollte ich?«

Wenig später standen wir unter den lauwarmen Wasserstrahlen in nebeneinanderliegenden Duschkabinen.

»Seit wann bist du hier?«, fragte ich nach einer Weile.

»Heute angekommen«, antwortete er.

Ich wunderte mich nicht wirklich darüber, dass er mir in der Menge heute Nachmittag nicht aufgefallen war, so unscheinbar wie er wirkte. »Und was ist mit deiner Familie?«

»Mein Großvater war mein einziger lebender Verwandter. Er ist letzte Woche leider verstorben.«

»Das tut mir sehr leid.«

»Ist schon in Ordnung. Er ist angesichts der Umstände sehr alt geworden.«

»Den Umständen entsprechend?«, hakte ich nach.

»Na, mit dem Blutspenden und dem Arbeiten für die Vampire.«

»Hat er das gemacht?«

»Ich bin leider krank, deswegen wollten sie mein Blut nicht, und für die Arbeiten taugte ich ihnen wohl auch nicht.«

»Ach so.« Mehr fiel mir dazu nicht ein. Natürlich hätte ich ihn fragen können, an welcher

Krankheit er litt. Aber ich hatte ihn eben erst kennengelernt und fand es unangebracht, ihn nach nicht einmal einer Stunde schon so auszufragen. Also beließ ich es dabei.

Ich hörte, wie er das Wasser abstellte und die Dusche verließ, um sich anzuziehen.

Wenige Minuten später folgte ich ihm mit einem Handtuch um die Hüften. Er stand bereits mit frischen Kleidern in der Umkleidekabine, doch auch diese waren ihm viel zu groß.

»Hast du nichts Passendes?«

»Die sind von meinem Opa.«

»Verstehe.«

Während ich mich umzog, spürte ich seinen Blick auf mir. Ich hätte ihm natürlich gern Kleider von mir gegeben, aber in meinen wäre er vermutlich noch mehr versunken.

»Danke nochmal. Für die Hilfe«, sagte ich.

Er stand vor mir, die Hände in den Taschen vergraben, und wippte von einem Fuß auf den anderen. »Kein Problem.«

Dann kehrten wir zu unseren Betten zurück. »Gute Nacht, Simon«, sagte ich, ehe ich mich hinlegte.

»Gute Nacht, Aidan«, hörte ich ihn hinter der Trennwand.

Eine ganze Weile noch lag ich anschließend wach und dachte an meine Familie. Besonders an Cally. Mit Sicherheit waren sie alle bereits in Sorge, doch Cally tat mir dabei besonders leid. Ich wünschte, wir hätten Kommunikationsmöglichkeiten wie die Vampire unten in Vampirya. Dann hätte ich ihr einfach ein Foto geschickt und ihr gesagt, dass alles gut war und dass ich vielleicht ein neues Zuhause für uns alle gefunden hatte. Noch war es für mich zwar zu früh, eine konkrete Entscheidung zu treffen, aber ich war guter Dinge. Ein paar Tage noch wollte ich mir diesen Ort ansehen, herausfinden ob er wirklich eine Zukunft für meine kleine Schwester, meinen Bruder und dessen Familie und meine Mutter sein konnte. Auf keinen Fall wollte ich sie einer größeren

Gefahr aussetzen als der, in der sie sich ihr ganzes Leben schon befunden hatten. Noch wusste ich nicht, wie sicher es hier war. Aber ich hoffte, es bald herauszufinden.

Ich konnte mich am nächsten Morgen nicht entsinnen, was mein letzter Gedanke gewesen war, bevor ich einschlief. Wahrscheinlich aber, was mir aktuell auch durch den Kopf ging: Hunger. Kaum das ich aufgestanden war, fiel mir jedoch wieder ein, dass ich nüchtern zur Untersuchung musste. Ich fuhr mir noch etwas müde durchs Haar und warf einen Blick hinter die Trennwand. Simons Bett war bereits leer, die Decke hatte er feinsäuberlich zusammengelegt. Seine Sachen konnte ich auch nicht mehr sehen.

Ich beschloss, meinen Rucksack ebenfalls mitzunehmen und machte mich auf Richtung Ausgang. Wieder empfing mich die junge Frau.

»Guten Morgen!«, begrüßte sie mich euphorisch.

»Hi, wie komme ich denn zur Untersuchung?«

»Den Gang entlang und neben den Sanitäranlagen links«, sagte sie.

Das Schild mit der Aufschrift *Erstuntersuchung* war mir gestern wohl entgangen. Heute sah ich es ganz deutlich, kaum dass ich die Tür erreicht hatte. Ich öffnete sie und stand kurz darauf in einem Raum, der sehr viel kleiner als der Schlafsaal war. Vor einem kleinen Tresen stand eine Vampirin in Jeans und Shirt. Das blonde Haar zusammengebunden starrte sie auf ein Gerät in ihrer Hand. Der Bildschirm erinnerte mich an Rains Datapad.

Sie sah auf: »Guten Morgen.«. Ich wollte etwas erwidern, doch sie fuhr fort, ohne mich anzusehen. »Bitte einmal in Toilette drei.«

Sie gab sich alle Mühe, durch ihre Alltagskleidung und das Vermeiden weißer Kittel nicht wie die Vampire bei der Blutabgabe zu wirken, doch ihr Verhalten erinnerte dennoch daran.

Dass sie kein Mensch war, wurde mir schließlich vollends bewusst, als sie kurze Zeit später eine vertraute Prozedur durchführte. Sie sah mich mit strahlend hellblauen Augen an. »Bitte kurz stillhalten«, bat sie, stellte sich neben mich und scannte meinen Nacken mit einem weißen, länglichen Gerät.

»A320«, sagte sie.

Ich bemühte mich, nicht mit den Augen zu rollen. Wie oft hatte ich diese Nummer schon gehört?

»Darf ich raten?«, fragte sie dann.

Ich sah sie etwas verwundert an, nickte jedoch.

»Alex?«

Ich schüttelte den Kopf.

»Ashton? Nein? Arnold. Adam? Anthony?«

»Aidan«, antwortete ich.

Sie zwinkerte mir zu. »Ich war nah dran.«

»Der erste Buchstabe war richtig, ja.«

»Deine Werte sind soweit in Ordnung, Aidan. Leichter Eisenmangel, aber da du erst vor kurzem ziemlich viel Blut abgegeben hast, ist das normal.«

»Ihr habt Zugriff auf die Datenbank der Vampire?«

»Wir können deinen Chip auswerten«, hörte ich plötzlich Noah.

Ich drehte mich suchend um. Er hatte sein Haar wie gewohnt zu einem Pferdeschwanz gebunden. Auch seinen grünen Schal trug er wieder. Außerdem trug er eine schwarze Jacke und Jeans.

»Richtig, aber den werden wir dir jetzt sowieso entfernen«, sagte die Vampirin.

»Was?«, fragte ich.

»Hier in Eden brauchst du ihn nicht mehr.«

Ich drehte mich zu Noah um. »Du sagtest, ich kann wieder zurück, wenn ich es möchte?«

»Kannst du«, sagte er schlicht.

»Ohne Chip werden sie Fragen stellen, auf die ich ihnen nicht antworten kann.«

»Wir erstellen ein Backup deines Chips und pflanzen ihn dir bei Bedarf wieder ein, bevor du gehst.«

»Ist das nicht zu aufwändig? Ich bin doch nur für ein paar Tage hier.«

Noah sah mich durchdringend an. »Aidan, wir

haben hier nicht viele Vorschriften, aber das ist eine davon. Der Chip ist nicht nur eine Möglichkeit, dich zu identifizieren, sondern auch eine, dich zu orten. Wir können es nicht riskieren aufzufliegen. Das Entfernen dauert nur wenige Sekunden und tut kaum weh. Das Einpflanzen dauert kaum länger.«

»Ich weiß, ich erinnere mich dran.« Oh, und wie ich mich daran erinnerte. Damals, als die Rebellion gescheitert war und mein Bruder und ich erstmals in das System eingegliedert worden waren. Bei Cally hatten wir es dann noch acht Jahre geschafft, sie zu verstecken. Bis, ja bis Rain in mein Leben getreten war und einiges durcheinandergebracht hatte.

»Meinetwegen«, sagte ich.

Ich ließ die kurze Prozedur über mich ergehen. Die Vampirin entfernte meinen Chip mit demselben weißen Gerät, mit dem sie mich zuvor gescannt hatte. Es war tatsächlich nur ein kleiner Pikser.

»In zwei Tagen sieht man davon gar nichts mehr«, versicherte sie und klebte ein kleines Pflaster auf die Wunde.

»Können wir dann weiter?« Noah stand wartend im Türrahmen.

Ich warf einen fragenden Blick auf die junge Frau neben mir. »Nur zu«, sagte sie.

»Alles klar, dann bis in ein paar Tagen. Bloß gut auf mein Backup aufpassen«, sagte ich im Gehen.

»Selbstverständlich«, war das Letzte, was ich von ihr hörte.

Aus dem Augenwinkel sah ich noch wie Simon mit einem anderen Vampir in einem Nebenzimmer in ein Gespräch vertieft war, dann verließen Noah und ich das Gebäude.

»Wir haben selten Neuankömmlinge, die so begierig darauf sind, uns wieder zu verlassen«, sagte Noah. Während wir gingen, begegneten wir Menschen und Vampiren aller Altersklassen. Ich sah kurz nach oben. Der Himmel war stark bewölkt.

»Ich will nur gern meine Familie nachholen. Meine Mutter hat zu viel gelitten für ihr Alter, meiner kleinen Schwester will ich dieses Leid ersparen und die Freundin meines Bruders ist schwanger. Ich denke, er würde sich freuen, wenn das Baby hier zur Welt käme und nicht auf unserer Farm, wo wir immerzu Gefahr laufen, entdeckt zu werden.«

»Warum hast du sie nicht gleich mitgebracht?«, wollte Noah wissen.

»Ich wollte erst sicher sein, dass du die Wahrheit sagst.«

»Verstehe.«

Gemeinsam gingen wir einen kleinen Hügel in der Nähe des Sees hinauf. Hier stand abgelegen von den anderen ein großes Haus. Mit dem schwarzen Dach, der Fassade aus stabilem Holz und einer ausladenden Glasfront, war es das komplette Gegenteil unserer heruntergekommenen Farm.

»Ist das euer Haus?«

»Nun, als Gründer der Stadt darf sich mein Vater eine etwas schickere Bleibe bauen, findest du nicht auch?«, antwortete Noah, ging die wenigen Stufen zur Haustür empor und öffnete diese, in dem er seinen Finger an einen Sensor neben der Tür hielt. Es schien so, als verband sich hier in Eden die Technik von Vampirya mit einer Art alpinem Bergcharme, wie ich ihn nur aus Büchern und von Fotos kannte.

»Da wären wir.« Noah trat ein und ich folgte ihm.

Kaum dass er die Haustür hinter uns geschlossen hatte, hörte ich plötzlich das schnelle Tapsen kleiner Pfoten und ein freudiges Fiepen. Sekunden später flitzte etwas kleines Weißes an mir vorbei, kletterte an Noah hoch und legte sich um seine Schultern: ein Hermelin. Ich hatte schon einige gesehen, braune im Frühjahr und Sommer und weiße im Winter. Und das eine oder andere Mal hatte ich auch mit dem Gedanken gespielt, eins zu essen.

Noah kraulte liebevoll den Nacken des kleinen

Tieres. »Das ist Drax, mein treuester Freund. Er ist immer ein bisschen traurig, wenn ich alle zwei Monate für eine Woche unterwegs bin, um Zuwachs für Eden zu holen.«

Ich schluckte, versuchte, die Erinnerung an meine Jagdausflüge loszuwerden, und sah mich im Haus um. Auch im Inneren blieb es seiner modern-rustikalen Note treu. Nur wenige Zentimeter über dem hölzernen Fußboden zog sich ein Lichtstreifen an der Wand durch das ganze Haus. Im Wohnzimmer sah ich einen Fernseher, der dem aus Rains Wohnung ähnelte. Und auch die Küchengeräte auf der hölzernen Arbeitsplatte erinnerten mich an Rains Bäckerei.

Doch als Noah den Kühlschrank öffnete, um mir etwas zum Trinken anzubieten, und ich dort eine ganze Reihe pechschwarzer Flaschen stehen sah, machte ich einen vorsichtigen Schritt zurück. Meine Reaktion, war sie auch noch so dezent, entging Noah nicht. Zapften sie hier den Menschen etwa doch das Blut ab?

»Es ist nicht so, wie du denkst«, versicherte er mir.

Ich sah ihn misstrauisch an. »Ach ja?«

»Ja«, antworte er, nahm eine Saftflasche heraus und schenkte mir ein Glas ein, das er mir anschließend in die Hand drückte. »Er wird es dir selbst erklären. Komm.«

Wir gingen die Treppe hoch in die erste Etage und von dort direkt auf einen großen Balkon. Hier saßen zwei Personen, ein Mann und eine Frau, auf zwei gepolsterten Holzstühlen und sahen auf den See hinaus, der stellenweise zugefroren war.

»Mom, Dad, ich möchte euch gern jemanden vorstellen.« Von der Autorität, die er auf unserer Reise gezeigt hatte, war nun, da er seinem alten Herrn gegenüber stand, nichts mehr zu spüren.

Sie drehten ihre Köpfe in unsere Richtung. »Noah«, begrüßten sie ihren Sohn wie aus einem Munde.

Seine Mutter hatte langes rotes Haar, das von

vielen grauen Strähnen durchzogen wurde und ihr bis knapp über die Schultern reichte. In ihrem Gesicht und an ihrem Hals sah ich die eine oder andere Falte. Wahrscheinlich war sie einige Jahre älter als meine Mutter, doch ihre blauen Augen leuchteten hellwach.

Ihr Mann dagegen hatte sehr fülliges, braunes Haar. Nur an seiner rechten Schläfe zog sich eine breite silberne Strähne bis hinter sein Ohr. Seine Augen waren von einem hellen Braun, aber ich nahm an, dass das seiner Verwandlung geschuldet war und seine Augen früher viel dunkler gewesen waren. Noahs Aussehen nach zu urteilen, durfte die Alterung seines Vaters vor mindestens 18 Jahren stehen geblieben sein.

»Das ist Aidan. Einer unserer Neuankömmlinge und *ziemlich* neugierig,«

Ich sah ihn finster an, doch Noah ignorierte meine Reaktion. »Aidan das sind meine Mutter Eilis und mein Vater Doktor Angus Timothy Scott.«

Letzterer lachte. »Du musst nicht immer meinen ganzen Namen nennen, Noah.« Er reichte mir die Hand. »Angus reicht vollkommen.«

Ich nahm sie in meine Lederne. »Aidan ohne Nachnamen und sonstigen Schnickschnack.«

»Du scheinst bereits viel erlebt zu haben«, erwiderte er mit Blick auf meinen Lederhandschuh. Im Gegensatz zu den meisten anderen schien er sofort zu wissen, was sich darunter befand.

»Das habe ich, Doc.«

»Aidan möchte Eden gern kennenlernen, bevor er seine Familie nachholt, Dad.«

»Familie?«, fragte der Doktor.

»Meine kleine Schwester, mein kleiner Bruder, dessen Freundin und meine Mutter.«

»Nun das ist sehr vernünftig. Ich kann dein Misstrauen nachvollziehen. Nimm dir ruhig alle Zeit der Welt und stelle so viele Fragen, wie du möchtest, Aidan.«

Ich nickte. »Gut, wenn das so ist, würde ich gerne direkt damit anfangen.«

Er sah mich erwartungsvoll an.

»Was sind das für schwarze Flaschen in eurem Kühlschrank?«

»Das ist Blutersatzstoff.«

»Ersatzstoff? Ich dachte, menschliches Blut ist durch nichts zu ersetzen?«

»Ist es auch nicht«, gab er zu. »Energetisch gesehen ist unser Ersatzstoff nur halb so ergiebig wie das Original. Doch da wir aus einer Spende Menschenblut hunderte dieser Flaschen produzieren können, ist das nicht weiter von Belang. Lieber trinken wir die doppelte Menge.«

Er schien zu spüren, dass ich dennoch misstrauisch war. »Du hast noch mehr Fragen?«

»Wie lange existiert dieser Ort schon?«

»Etwa fünf Jahre.«

»Nach welchen Kriterien wählt ihr die Vampire aus, die hier leben dürfen?«

»Nach denselben wie die Menschen. Wer unserer Sache nicht im Weg steht, kann ein Teil von ihr werden. Die Vampire hier haben meistens eine enge Beziehung zu einem Menschen oder sogar halb-menschliche Kinder. In Vampirya werden sie dafür geächtet, hier haben sie derartiges nicht zu befürchten.« Er sah zu seiner Frau, welche ihn mit verträumtem Blick anlächelte.

Und dann fiel es mir plötzlich wie Schuppen von den Augen. Das rote Haar, der Vater ein Vampir, die Mutter ein Mensch.

In Gedanken sah ich Rains Freundin Maggie lächeln und erkannte sie in Eilis Gesicht wieder. ›A.T. S‹, die Initialen auf dem schwarzen Notizbuch mit dem silbernen Schloss, das Maggies Vater gehört hatte. Angus Timothy Scott.

»Ist alles in Ordnung, Aidan?«, fragte der Doktor etwas besorgt.

Ich schloss meinen Mund, als mir bewusst wurde, dass er offen stand. »Sie sind Maggies Eltern«, sagte ich entgeistert.

Eilis sah verwirrt von ihrem Mann zu mir.

Noah starrte mich an.

Sein Vater jedoch verzog keine Miene. »Woher

weißt du von unserer Tochter?«

Zur Antwort öffnete ich den Reißverschluss meines Rucksacks, zog den Umhang heraus und drückte ihn in seine Hände. Nun sah ich auch in seinem Gesicht Verwunderung. »Woher hast du den?«

»Von Maggie«, antwortete ich.

Eilis griff nach dem Unterarm ihres Mannes, in dessen Hand der schwarze Stoff lag. »Du hast gesagt, sie sei sicher!«

Angus legte beruhigend seine freie Hand auf ihre, sah aber weiterhin zu mir. »Ist sie in der Oberwelt?«

Ich schüttelte den Kopf. »Nein. Ich war unten.«

»Was?«, schrie Noah.

Ich sah kurz zu Boden. Die Erinnerung an diese Zeit tat noch immer weh und war nun, da ich endlich mit jemandem darüber sprechen konnte, präsenter denn je. »Es war ein Versehen. Ihre Tochter hat mir geholfen, wieder nach Hause zurückzukehren. Mit der Zeichnung in Ihrem Notizbuch.«

»Schlaues Mädchen«, flüsterte er.

»Sie bat mich, Ihnen zu sagen, dass sie Sie vermisst. Ich hatte nicht mehr daran geglaubt, dass ich Sie je finden würde.«

In den Augen von Noahs Mutter sah ich Tränen glitzern.

Ihr Mann schien diese nicht wahrzunehmen oder er ignorierte sie. »Danke, dass du uns ihre Nachricht überbracht hast.«

Ich nickte und deutete auf den Umhang. »Dürfte ich den bitte wieder haben.«

»Selbstverständlich«, erwiderte er und reichte ihn mir. »Aber ich habe inzwischen ein viel besseres Modell entwickelt, das noch zuverlässiger vor UV-Strahlung schützt und in vielen verschiedenen Farben verfügbar ist.«

»Mag sein, aber für mich hat er einen hohen emotionalen Wert.«

Kurz dachte ich Noah oder sein Vater würden nachhaken, was es damit auf sich hatte, doch da meldete sich Eilis zu Wort. »Angus, du musst sie zu uns holen.«

»Das ist momentan nicht möglich, das weißt du«, antwortete er ruhig.

»Aber sie braucht uns!«

»Es würde alles gefährden, was wir aufgebaut haben. Es ist noch zu früh. Ich brauche noch etwas mehr Zeit. Sie ist ein starkes Mädchen. Sie wird es schaffen.«

Eilis sah betrübt zu Boden.

»Noah, hast du Aidan schon sein neues Zuhause gezeigt?«, fragte Angus.

»Noch nicht«, antwortete er.

Ich sah kurz von Noah zu Angus und zurück. Jetzt wo mir klar war, wer hier vor mir stand, hatte ich keine Zweifel mehr, dass dieser Ort sicher war. Jemand der das Wohl der Menschen über das seines eigen Fleisch und Bluts stellte, würde uns nicht an die Vampire verraten.

»Das hat noch Zeit. Bitte lasst mich erst meine Familie holen«, sagte ich entschlossen.

Noah sah mich fragend an. »Jetzt schon?«

»Ja, bitte.«

»Gut.« Er wand sich an seinen Vater. »Ich werde ein paar Tage weg sein und ihn begleiten.«

Angus lächelte. »Das wird nicht nötig sein. Fliegt mit Violet, so lange es noch hell ist.«

Noahs Augen wurden größer. »Wirklich?«

Sein Vater nickte.

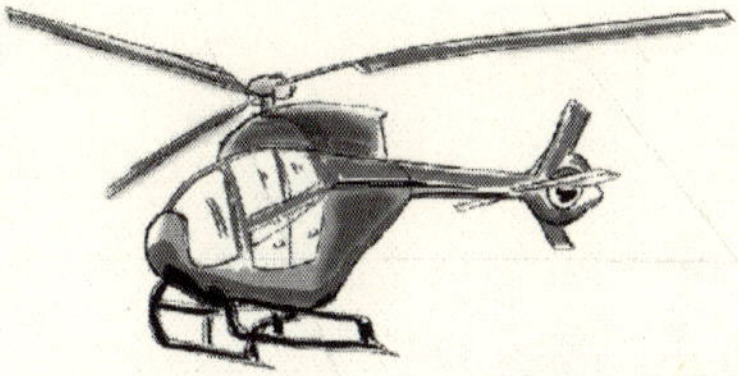

Eine Zukunft

»Wohin gehen wir?«, rief ich Noah hinterher. Er war losgerannt, kaum dass wir das Haus verlassen hatten, so dass ich Mühe hatte Schritt zu halten.

Er drehte sich um und lief rückwärts weiter. »Na deine Familie holen«, sagte er und lächelte dabei.

Erst als ich oben den schwarzen Helikopter stehen sah, wurde mir bewusst, dass wir auf dem Pfad Richtung Landeplatz liefen.

Oben saß die dunkelhäutige Vampirin und

rauchte eine Zigarette. Es war das erste Mal, dass ich einen Vampir rauchen sah.

Meine Verblüffung sah man mir offenbar an. »Was? Wir sind immun gegen Krankheiten«, blaffte sie mich an.

Ich hob die Hände.

»Vi, kannst du uns eben wohin fliegen?«, fragte Noah und ignorierte unseren kleinen Zwist.

»Klar«, antwortete sie und drückte ihre halbgerauchte Zigarette aus, dann tippe sie zweimal auf ihrer Armbanduhr herum. »Geh ruhig schonmal rein, Maik kommt gleich.«

Noah nickte und stieg in den Helikopter. Ich wollte ihm gerade folgen, da packte Violet mich am Hemdkragen und zog mich zu sich.

»Wenn du Scott noch einmal so grob anfasst, lernst du das Fliegen im freien Fall. Hast du verstanden?«, zischte sie.

Ich nickte hastig.

»Gut«, sagte sie daraufhin und ließ mich los.

Ich nahm es ihr nicht übel. Ich konnte ihr Misstrauen durchaus verstehen.

Im nächsten Moment kam ihr dunkelblonder Kollege an.

»Steig ein, wir müssen los«, sagte sie zu ihm.

Wenig später dröhnten die Propeller und die Maschine erhob sich in die Lüfte. Ich setzte mich wieder auf den gleichen Sitz wie beim Hinflug und beobachtete die Piloten.

Dieses Mal stand das Gitter offen, so dass Noah direkt hinter Violet stehen konnte. Mit dem grünen Schal und dem Hermelin auf der Schulter sah er seltsam aus. »Bezirk null zwei drei zwei«, gab er an.

»Alles klar«, antwortete sie.

Die Zahlen waren mir bekannt. Ich wusste, dass wir im Bezirk null zwei lebten und dass die anderen Zahlen das Gebiet weiter einschränkten, so dass letztlich jedes Haus in der Oberwelt seine eigene, individuelle Nummer bekam, so wie auch seine Bewohner nur Nummern waren. Aber es waren die Nummern, die die Regierung uns gegeben hatte. Wir fühlten uns nicht angesprochen, wenn wir sie hörten, also merkten wir sie uns auch nicht. Was Noah anging, so war ich mir ziemlich sicher, dass er die Nummer von meinem Chip hatte.

Ich starrte auf die leere Sitzreihe vor mir, als etwas Kleines vorbei huschte. Das Hermelin rollte sich auf dem Platz neben mir zusammen und schloss die Augen.

»Er sieht nicht so gern aus dem Fenster, wenn wir fliegen«, sagte Noah.

Ich sah zu ihm hinauf. »Kann mir nicht vorstellen, warum.«

»Du auch nicht?«

»Nun, es ist erst das zweite Mal in meinem Leben, dass ich fliege.«

Er setzte sich auf den Sitz mir gegenüber und

verschränkte die Arme vor der Brust. »Warum nur habe ich das Gefühl, dass das nicht der Grund ist, weswegen du so besorgt dreinschaust?«

Ich seufzte. »Das stimmt. Ich mache mir viel eher Gedanken darüber, ob meine Familie einfach so mit uns kommen wird.«

»Vertrauen sie dir nicht?«

Ich zögerte einen Moment. »Ich habe sie schon einmal enttäuscht. Mehr oder weniger.«

Noah deutete mit einem Kopfnicken auf meine Prothese. »Hast du die dabei verloren?«

Ich schüttelte den Kopf. »Nein, das ist viele Jahre davor passiert.«

Violet unterbrach uns. »Wir sind da.«

»Schon?«, fragte ich.

Noah grinste und hob sein schlafendes Haustier vorsichtig hoch.

Die Seitentür fuhr langsam auf und das Dröhnen wurde noch lauter. Vor uns lag unser Haus und etwa zwei Meter unter uns einer unserer

Äcker. Die Propeller wirbelten den Schnee auf und einige Pflanzenstummel kamen darunter zum Vorschein.

Noah trat an den Rand und sah mich an. »Auf drei.«

Ich starrte ihn an. Bevor ich ihn kennengelernt hatte, war ich noch nie geflogen und ich war dementsprechend auch noch nie aus einem Helikopter gesprungen.

»Eins.« Noah wartete nicht auf meine Antwort. »Zwei.« Gut, für ihn schien es nichts Neues zu sein. »DREI!«

Gleichzeitig sprangen wir hinunter.

Noah landete halbwegs elegant, ich jedoch war mir sicher, dass ich den Aufprall noch tagelang spüren würde. Er stand bereits, während ich noch auf dem Boden lag, als wir Violet hinter uns rufen hörten:

»Ihr habt fünf Stunden!«

Ich drehte mich um und rappelte mich auf. Die Tür schloss sich bereits und der Helikopter flog davon. Ich sah ihm nach, während er am Horizont kleiner und mit ihm das Dröhnen leiser wurde.

Gut, ich hatte also jetzt fünf Stunden, um meine Familie zu überzeugen mit mir zu kommen und dann die wichtigsten Sachen zu packen. Ich zog den Rucksack auf meinen Schultern etwas hoch und machte einen zielstrebigen Schritt auf mein Zuhause zu, da packte Noah meine Schulter.

»Moment«, sagte er.

Ich erstarrte. Hatte er etwa Vampire in der Nähe ausgemacht?

Dann sah ich ihm dabei zu, wie er seinen Schal auszog, das Hermelin sich um seinen Hals legte und er den grünen Stoff so drumherum drapierte, dass nur noch die kleine Nase herausschaute. Ich ließ die Schultern hängen und sah ihn fragend an.

»Ich will nicht, dass sie sich erschrecken«, sagte er.

»Wegen eines Nagetiers?«, antwortete ich ungläubig.

»Wegen eines *Raubtiers*«, korrigierte er mich.

Gerne hätte ich erwidert, dass sie sich wegen des gerade weggeflogenen vampiryanischen Helikopters garantiert weit mehr Sorgen machten als wegen eines kleinen, weißen Fellknäuels. Doch dafür war mir meine Zeit zu schade.

Fünf Stunden.

Ich schüttelte den Kopf und ging zum Farmhaus. Natürlich öffnete mir niemand, wie sie es sonst gerne taten.

Ich schloss selbst auf und sah in zwei vertraute Augenpaare: das Blau meines Bruders und das Dunkelbraun meiner Mutter. Bens Haltung war leicht gebückt. Die Finger seiner Hand hatten sich derart fest um einen silbernen Pflock gelegt, dass seine Knöchel weiß hervortraten.

Noah und ich traten wortlos ein und ich schloss langsam die Tür hinter uns. Sie verfolgten jeden unserer Schritte. Insbesondere mein Begleiter wurde misstrauisch beäugt.

Ben sah erst mich an, dann nickte er in Noahs Richtung. »Ist er ein Blutsauger?«

Noah hob die Hände und öffnete den Mund, doch ehe er etwas sagen konnte, ergriff ich das Wort.

»Er ist ein Mensch.«

Bens Finger lockerten sich ein wenig.

»Er ist der, von dem ich dir erzählt habe. Der mir den Reis gegeben hat.«

Einen kurzen Moment zögerte mein Bruder noch, dann folgte ein Nicken. Er stellte sich wieder aufrecht hin und steckte den Pflock zurück in die Innentasche seiner Jacke, während Mutter auf mich zuging und mir um den Hals fiel.

»Wo warst du nur?«, fragte sie, während sie mich an sich drückte. »Wir dachten schon, du wärst wieder *unten*.«

»Nein, Mutter«, erwiderte ich. »Ich habe etwas gefunden. Oder besser«, ich legte meine Prothese auf Noahs Schulter, »Noah hier, hat mir etwas gezeigt. Etwas das wir lange gesucht haben, und das zu finden wir die Hoffnung bereits aufgegeben hatten. Ein sicheres Zuhause.«

»Ein Zuhause?«, fragte Mutter.

»Ein sicheres Zuhause?«, wiederholte Ben ungläubig.

Ich nickte. »Es gibt einen Ort in den Bergen, von dessen Existenz nur ausgewählte Personen wissen. Dort müssen wir kein Blut mehr spenden, um an Nahrungsmittel zu kommen. Dort können Cally und dein ungeborenes Kind sorglos aufwachsen.«

Als ich das Baby erwähnte, wurde sein Blick etwas weicher. Dennoch, seine Skepsis blieb. »Woher weißt du, dass es wirklich sicher ist? Was, wenn die Blutsauger davon erfahren und es zerstören? Selbst wenn nur ausgewählte Personen davon wissen, je mehr Eingeweihte es gibt, desto größer ist die Gefahr eines Verrats.«

Noah ergriff zum ersten Mal das Wort. »Dessen sind wir uns bewusst. Und wir haben vorgesorgt.«

»Wer ist wir?«, fragte Ben.

»Sein Vater hat diesen Ort gegründet«, sagte ich.

Mutter sah mich traurig an. »Du willst also, dass wir das hier alles aufgeben? Unser Haus? Unsere Farm?«

»Was, wenn wir dir folgen, dein Plan doch nicht so toll war und wir wieder zurück wollen?«, fragte Ben an Noah gewandt.

»Ihr könnt jederzeit zurück. Ihr seid nicht unsere Gefangenen. Wir sind weder Vampirya noch das Humanodrom.«

»Gut, nehmen wir mal an, wir würden im Frühjahr wieder hierherkommen und die Vampire hätten unsere Abwesenheit noch nicht bemerkt. Spätestens bei der ersten geplanten Kartoffellieferung hätten wir keine Ware, weil wir nicht da waren, um überhaupt etwas zu säen.«

»Sollte dem so sein, werden wir euch im kommenden Jahr mit Ware versorgen, damit ihr nicht ins Visier der Regierung geratet. Es ist auch in unserem Interesse, dass ihr sicher seid.«

Daraufhin nickte mein Bruder und senkte nachdenklich den Kopf.

Im diesem Moment erschien Ilona und eilte auf meinen Bruder zu. Sie nahm sein Gesicht in beide Hände: »Ben, das ist unsere Chance! Die Chance auf eine Zukunft ohne Angst um unser Kind.«

Ben sah seine Freundin an und lächelte leicht, dann legte er seine kräftigen Hände auf ihre, nahm sie von seinem Gesicht und küsste eine davon.

»Wollt ihr wissen, ob es eurem Baby gut geht und ob es ein Junge oder ein Mädchen wird?«, fragte Noah.

Ben und Ilona sahen ihn fragend an.

Noah grinste: »Mein Vater ist Arzt und hat die nötigen Geräte dafür.«

Es folgte ein Moment der Stille.

»Meinetwegen«, sagte Ben dann. »Ilona und ich sind dabei.«

»Gut«, sagte Noah. »Unsere Transportmöglichkeit kommt in etwa fünf Stunden.«

»In fünf Stunden schon?«, meinte Mutter.

»Ich würde sagen, ihr fangt an zu packen«, sagte Noah und legte die Hände an den Hinterkopf.

»Das gilt auch für dich Cally«, sagte ich, ohne die Stimme zu heben. In ihrem Zimmer im oberen Stockwerk hätte sie mich so kaum gehört, aber da war sie ja auch nicht. Wie vermutet kam sie auf meine Worte die Stufen hinabgelaufen, ihren Terrier in den Armen. Sie hatte am oberen Ende gelauscht.

»Ich bin in meinem Zimmer geblieben, bis ich wusste, dass du es warst« versicherte sie mir und setzte Hugo auf dem Küchenboden ab.

»Weiß ich doch, Sonnenschein«, antwortete ich und gab ihr einen Kuss aufs offene, strohblonde Haar.

Hugo roch schwanzwedelnd an Noahs Hosenbein und begann dann leise zu knurren.

»Hugo, lass ihn in Ruhe!«, mahnte meine kleine Schwester.

Doch der schwarze Terrier ließ sich nicht beirren und fing an zu bellen. Davon aufgeschreckt, krabbelte Noahs kleiner Kumpel aus dem Schal hervor und fauchte lautstark.

»Hey, hey, hey!«, schimpfte Noah und legte die Hände um sein Haustier.

»Hugo, aus!«, befahl Cally böse, woraufhin er tatsächlich verstummte.

»Drax aus«, mahnte auch Noah. Doch das Hermelin war nicht ganz so gehorsam und knurrte leise weiter. Noah hob die Augenbrauen und sah mich an.

»Da muss aber jemand noch ein bisschen lernen«, sagte ich.

»Oh, er ist nicht dumm«, sagte Noah. »Nur sehr stur.«

»Das war Hugo auch!«, klinkte Cally sich ein. Sie hatte die Arme hinter dem Rücken gelegt und drehte den Oberkörper hin und her »Aber ich hab ihn trotzdem trainiert!«

»Dann musst du mir später unbedingt ein paar Tipps geben«, sagte Noah.

Cally nickte glücklich.

Etwa zwei Stunden später packte ich in meinem Zimmer meine Sachen, während Noah auf meinem Bett saß. Drax hatte sich wieder in seinen Schal verzogen.

In meiner Schublade stieß ich auf den recht zerknitterten Zettel, auf dem ich den Bahnhof von Vampirya für meine Mutter skizziert hatte, damit sie wusste, wo ich war, als ich mit Rain nach Bens Angriff auf sie nach Vampirya hatte zurückkehren müssen.

»Warst du schonmal in Vampirya?«, fragte ich, während ich den Zettel in ein Seitenfach meiner Reisetasche schob.

»Nein«, antwortete Noah. Sein Blick wirkte leer.

»Das heißt, du hast deine Schwester nie gesehen?«

»Hat sie dir von mir erzählt?«, fragte er.

»Nein.«

»Siehst du. Da hast du mir etwas voraus.«

Oh, wenn du wüsstest, was ich dir alles voraus habe.

Plötzlich schwang die Tür mit einem leisen Quietschen auf und meine kleine Schwester eilte in mein Zimmer. »Wir können nicht gehen. Ich kann mein Aidan-Shirt nicht finden!«, sagte sie traurig.

»Hast du Mutter gefragt?«

Cally nickte.

»Vielleicht ist es in der Wäsche.«

Ohne etwas zu erwidern, dreht sie sich um und zog die Tür hinter sich zu.

»Aidan-Shirt?«, fragte Noah amüsiert.

Ich fuhr mir mit einem Seufzen durch die Haare. »Klamotten sind immer schwerer zu bekommen. Und na ja, sie ist im letzten Jahr so schnell gewachsen, dass sie nirgendwo mehr reinpasst. Da hat meine Mutter eins meiner T-Shirts genommen und es rosa eingefärbt. Es hatte am Ende ein seltsames weiß-rosa Batik-Muster, aber Cally liebt dieses Shirt.«

Noah starrte ins Leere und sah mich dann an: »Dort wo wir hingehen, wird deine kleine Schwester keine Probleme haben, Klamotten zu finden.«

Ich zog den Reißverschluss meiner Tasche zu. »Ich hoffe, dass sie noch viel mehr findet.«

»Das wird sie«, versicherte er mir. »Nahrung, Bildung, Sicherheit.«

»Eine Zukunft«, fügte ich hinzu.

»Eine Zukunft. So ist es.«

Wir hörten den Helikopter herannahen, als wir uns voll bepackt in der Küche versammelt hatten.

»Na, bereit?«, fragte Noah in die Runde.

»Bereiter werden wir wohl nicht mehr«, antwortete ich.

»Dann sollten wir uns beeilen.«

Draußen landete der schwarze Helikopter auf der Wiese vor unserem Haus. In dem Moment, in dem die Motoren zum Stillstand kamen, öffnete sich die Tür und Violet zeigte sich, kam jedoch wegen des noch immer vom Himmel strahlenenden Sonnenlichts nicht heraus.

Ben erkannte, was sie war, und machte sofort einen Schritt zurück.

»Beruhige dich, sie ist in Ordnung«, sagte ich.

Mein Bruder sah mich skeptisch an, legte dann jedoch die Hand in den Rücken von Ilona und ging mit ihr gemeinsam langsam zur Maschine.

Vi schien instinktiv zu verstehen, dass Ben sich nicht helfen lassen wollte und es auch keine gute Idee war, seine schwangere Freundin anzufassen. Sie trat zur Seite und ließ die beiden mit Sack und Pack einsteigen. Meine Mutter folgte ihnen, schenkte der Vampirin allerdings wenigstens ein kurzes Nicken, das diese ihrerseits mit einem Kopfnicken beantwortete.

»Bist du ein Spitzzahn?«

Callys Frage zauberte der sonst eher grimmigen Violet ein Lächeln ins Gesicht. »Ja«, sagte sie.

Violet wirkte, als erwarte sie, dass meine kleine Schwester zurückweichen würde, doch genau das Gegenteil war der Fall. Mit ein paar schnellen Hüpfern sprang Cally die Stufen hoch und hinein in den Helikopter.

Nachdem wir abgehoben waren, sagte niemand ein Wort.

Noah brach schließlich die Stille. »Wenn wir ankommen, kann jeder von euch ein Bett im Auffangzentrum beziehen, am nächsten Morgen folgt eine Routineuntersuchung und anschließend ein ordentliches Frühstück-«

»Ist das wirklich notwendig?«, unterbrach ich ihn.

»Regeln sind Regeln«, sagte er mit hochgezogenen Augenbrauen.

»Meinetwegen. Aber ich bleibe bei ihnen.«

»Wie du möchtest. Ich schreibe dir nicht vor, wo du schlafen sollst.«

Wir landeten wenig später. Im Gegensatz zum ersten Mal empfing uns keine Dame in Jeans und T-Shirt. Wahrscheinlich weil dies eine außerplanmäßige Aktion gewesen war. Stattdessen führte Noah uns den Weg runter in die Stadt. Ich fand es fast schade, dass meine Familie tagsüber ankam und ihnen so der Anblick des Lichtermeeres entging, aber ich nahm mir fest vor, es zumindest Cally so bald wie möglich zu zeigen.

»Da wären wir«, sagte Noah, als wir in die Auffangstation eintraten. »Ihr habt freie Auswahl«, fügte er mit Blick auf die leeren Betten hinzu.

Wir entschieden uns für einige Betten im hinteren Drittel und Noah verabschiedete sich von uns.

* * *

»Was für eine Untersuchung soll das denn morgen sein?«, fragte mein Bruder, während er seine Bettdecke aufschüttelte.

Die Mädchen und Mutter waren gemeinsam zu den Sanitäranlagen gegangen, um zu duschen.

»Nun, ich nehme an, es dient dazu herauszufinden, ob du irgendwelche Krankheiten hast, die einer Behandlung bedürfen. So verhindern sie wahrscheinlich, dass sich etwas von außen hier in Eden ausbreitet. Ach, und sie nehmen die Chips raus.«

Er ließ die Bettdecke zurück aufs Bett fallen. »Was?« Er schritt langsam um sein Bett herum und dann auf mich zu. »Warum?«

»Sie sagen, dass man uns damit orten kann, und sie wollen natürlich verhindern, dass dieser Ort entdeckt wird.«

»Und du glaubst ihm das einfach so?«

Mir wurde bewusst, dass ich zwar von den Vampiren allgemein gesprochen hatte, Ben meine Worte jedoch auf Noah bezog.

»Ja«, antwortete ich knapp.

»Was, wenn es ein perfider Plan ist? Ein Test möglicherweise? Eine neue Art, an unser Blut zu kommen oder uns zu versklaven?«

»Nichts ist zu einhundert Prozent sicher, Ben. Aber mein Gefühl sagt mir, dass uns hier nichts geschehen wird.«

Mein Bruder sah mich von oben herab an. »Dein Gefühl? Wir machen unser Leben also jetzt von deinem Gefühl abhängig? Ist das das gleiche Gefühl, das dich nach deinem Sturz nicht zurück nach Hause, sondern in die Arme des Feindes getrieben hat? Das Gefühl, das schließlich dafür gesorgt hat, dass deine Geschwister beinahe umgekommen wären?«

Ich schüttelte den Kopf. »Ben, das ist doch so lange her.« Er regte sich über alte Kamellen auf, als wäre all das erst gestern passiert.

Doch Ben sah das anders: »Wir haben es acht Jahre geschafft, unsere Schwester vor ihnen geheimzuhalten, und *sie* hat es versaut.«

Mir reichte es. Ich stand auf und packte ihn am Kragen. »Und jetzt mache ich es wieder gut, indem ich ihr eine Zukunft schenke. Eine richtige Zukunft, in der sich das Leben lohnt.«

Ich ließ ihn wieder los.

Er zupfte sein Shirt zurecht. »Ich hoffe, dass du recht behältst.«

Ich sah Cally auf uns zurennen. Sie sprang schließlich, wie so oft, direkt in meine Arme. »Aidan, die haben hier Schalter, mit denen man das Wasser warm und kalt machen kann!«

Ich setzte sie wieder ab. »Ich weiß, ich weiß, Sonnenschein. Das ist klasse.« Ich strich durch ihr feuchtes Haar. »Wenn du dir eine Mütze anziehst, damit du dich draußen nicht erkältest, zeig ich dir noch was viel Cooleres.«

Sie strahlte mich an und wühlte in der Tasche nach ihrer Mütze.

»Hat dein Freund nicht gesagt, dass wir hierbleiben sollen?«, erinnerte mich Mutter.

»Noah, sein Name ist Noah«, erinnerte ich

auch sie. »Mach dir keine Gedanken, wir sind zurück, bevor ihr überhaupt eingeschlafen seid.«

»Daran hab ich keine Zweifel«, kam es von Ben. Er saß auf seinem Bett und sah sich misstrauisch um. »Hier werden wir wahrscheinlich gar keinen Schlaf finden.«

Ich verdrehte die Augen und reichte Cally meine Hand. »Fertig?«

Sie nickte freudestrahlend mit ihrer weißen Mütze auf dem Kopf.

»Du bleibst da«, sagte sie noch schnell zu Hugo, der bereits am Fußende ihres Bettes lag und uns mit aufgestellten Ohren beobachtete.

Draußen war es längst dunkel und die Pflanzen hatten wieder den Part der Straßenlaternen übernommen. Es dauerte keine Minute, da hatte meine aufmerksame kleine Schwester bereits den ersten leuchtenden Baum entdeckt.

»Ooooh!«, quiekte sie und zeigte darauf. »Das ist ja schöööön!«

»Ja, nicht wahr?«, sagte ich. »Aber warte ab, bis du siehst, was ich dir eigentlich zeigen wollte.«

Auf dem Weg zum Hubschrauberlandeplatz kam uns glücklicherweise niemand entgegen. Oben angekommen, setzte ich meine kleine Schwester auf meine Schultern, so dass sie über das Geländer hinweg die gesamte Schönheit von Eden bei Nacht bewundern konnte.

»Das ist so schön!«, sagte sie.

Sie bewunderte die Lichter, wie ich sie nach meiner Ankunft bewundert hatte, und ich fragte mich, ob sie hier oben eines Tages mit einem netten jungen Mann stehen würde, mit ihm gemeinsam auf die Stadt herabblicken und ihren ersten Kuss erleben würde. Um ehrlich zu sein, hatte ich vorher noch nie ernsthaft darüber nachgedacht, wie ihre Zukunft aussah. Wahrscheinlich hatte ich mir ihre Zukunft nicht vorstellen wollen, weil sie so trist gewesen war. Bevor ich auf Eden gestoßen war, hatte es für Cally wenig Optionen gegeben. Wahrscheinlich hätte sie irgendwann die Farm übernommen und Mutters Leben fortgeführt. Vielleicht hätte sie sogar irgendwann jemanden kennengelernt und Kinder bekommen. Aber egal ob allein oder mit Familie, sie wäre eine Sklavin für die Vampire gewesen. Sei es durch Arbeit, Waren oder Blut. Nun jedoch hatte sie eine richtige Zukunft vor sich und dieser Gedanke erfüllte mich mit einer solchen Zufriedenheit, wie ich sie noch nie gespürt hatte.

* * *

»Möchtest du noch etwas essen, Liebling?«, fragte Ben Ilona am nächsten Morgen.

Sie schüttelte den Kopf und sah noch immer das kleine Foto an, dass die Ärztin ihr und Ben geschenkt hatte. Als sie das schlagende Herz ihres Sohnes gehört hatte, war sie in Tränen ausgebrochen. Und auch jetzt waren ihre Augen noch immer glasig.

»Darf ich nochmal sehen?«, fragte Cally.

»Natürlich«, antwortete Ilona und reichte ihr das Bild. »Das ist dein kleiner Neffe.«

»Darf ich ihm einen Namen geben?«

»Nein«, antwortete Ben, ohne von seinem bereits zum dritten Mal gefüllten Teller aufzusehen.

»Aber ich bin doch seine Tante.«

»Das gibt dir nicht das Recht, ihm einen Namen zu geben. Du hast Hugo getauft, das muss reichen, bis du eigene Kinder bekommst.« Mit diesen Worten warf er dem kleinen Terrier ein Stück Fleisch zu.

»Ich sehe, ihr fangt schon an, mit Essen um euch zu werfen«, kam es plötzlich von Noah.

»Hab nur den Hund gefüttert«, antwortete Ben.

Noah setzte sich neben Ilona und Cally und warf einen Blick auf das Foto.

Die Dankbarkeit mit der die werdende Mutter ihn dabei ansah, war nicht zu übersehen. »Das ist wundervoll, vielen, vielen Dank.«

»Danke nicht mir, danke unseren Wissenschaftlern und Technikern«, antwortete Noah lächelnd.

»So eine ähnliche Technik hatten die Rebellen früher auch. Nicht ganz so fortschrittlich vielleicht«, sagte Ben. »Aber wir verfügten trotzdem über so einiges. Wie sonst hätten wir Aidans Prothese bauen sollen.«

Ilona sah ihn verständnislos an.

Noah ging nicht darauf ein und wandte sich stattdessen an mich. »Apropos Prothese. Möchtest du dafür ein Upgrade?«

»Ein was?«, fragte ich verdutzt.

»Wir könnten dir eine verbesserte Prothese machen. Eine, in der du richtig Gefühl hast und die mit künstlicher Haut überzogen ist, die sich echt anfühlt und die vampirische Bevölkerung von Eden nicht gefährdet.«

Ich sah auf meinen Lederhandschuh. Der Gedanke war gleichermaßen verlockend und schmerzhaft. Verlockend, weil ich mir in unzähligen Situationen gewünscht hatte, meinen Arm nicht verloren zu haben. Allen voran während meiner Zeit mit Rain. Schmerzhaft, weil ich mir nach dem Angriff damals geschworen hatte, mit meinem neu gewonnen Körperteil diejenigen zu beschützen, die ich liebte. Insbesondere meine kleine Schwester, die an jenem Tag geboren worden war, an dem ich meinen Arm verloren hatte.

»Aidan?« Noahs Stimme riss mich aus meinen Gedanken.

»Sorry«, sagte ich. Dann schüttelte ich den Kopf. »Das Angebot kann ich nicht annehmen.«

»Warum nicht?«, fragte meine Mutter verwundert.

Ich legte meine gesunde Hand auf die ihre. »Nachdem wir Vater verloren haben, hab ich sie mir aus Silber machen lassen, um euch zu beschützen.«

»Du wirst hier aber niemanden mehr beschützen müssen«, erklärte Noah.

»Wahrscheinlich«, stimmte ich ihm zu. »Aber ich habe ein ungutes Gefühl dabei. Tut mir leid.«

Noah lächelte ein schiefes Lächeln. »Du brauchst dich nicht entschuldigen. Wenn du es dir anders überlegen solltest, lass es mich einfach wissen. Das Angebot ist nicht zeitlich begrenzt. Du solltest nur aufpassen, dass du damit niemanden hier versehentlich verletzt. Auch unsere vampirischen Bewohner sind wertvolle Mitglieder unserer Gesellschaft.«

Ben lachte mit vollem Mund. »Keine Sorge, mein großer Bruder hat Erfahrungen im Umgang mit seiner Prothese im Bezug auf Vampire in weit intimeren Situationen als einem Spaziergang.«

»Ben«, zischte ich.

Noah sah mich fragend an. Ich wich seinem Blick aus.

Zu meiner Erleichterung ging er nicht weiter darauf ein und wechselte stattdessen das Thema. »Hey, da fällt mir ein ... Cally hast du dein Aidan-Shirt noch gefunden?«

Sie schüttelte traurig den Kopf. »Leider nicht.«

»Nun, dann hab ich vielleicht eine Kleinigkeit,

die dich ein wenig trösten wird.« Er kramte etwas aus der Innentasche seiner Weste und legte es um Callys Hals.

»Ooooh«, kam es von meiner kleinen Schwester. Um ihren zarten Hals lag nun ein doppelseitiger Schal mit einem schwarz-weißen Spitzen-Muster auf schwarzem Untergrund.

»Das ist ein Schal aus einem speziellen Material, das die Farbe in der Sonne ändert. Sehr nützlich gerade für kleine Vampire und Halb-Vampire, die noch nicht richtig einschätzen können, wann es Zeit ist, nach Hause zu gehen oder wenigstens die Schutzkleidung anzuziehen.«

»Darf ich kurz nach draußen?«, fragte sie begeistert.

»Aber klar«, antwortete Noah.

Sie warf zur Sicherheit noch einen Blick zu Mutter. Nachdem auch diese nickte, rannte Cally eilig nach draußen. Noah, Mutter und ich folgten ihr.

Kaum dass meine kleine Schwester ins Sonnenlicht getreten war, veränderten sich die Farben des Schals und die weißen Stellen des Musters wurden pastellblau, -rosa und -grün.

»Jetzt ist er noch viel schöner!«, rief sie glücklich.

»Und was sagt man?«, erinnerte Mutter sie.

»Oh«, sagte sie daraufhin. »Dankeschön, Noah.«

»Gern geschehen, kleine Cally«, antwortete Noah. Dann wand er sich an uns. »So, wollen wir jetzt zu eurem neuen, vorläufigen Haus gehen?«

»Haus?«, fragte Mutter.

Noah grinste.

Allesamt folgten wir Noah etwa fünfzehn Minuten durch die Straßen von Eden. Bei Tageslicht sahen sie nicht ganz so eindrucksvoll aus wie in der Nacht, doch jedes Haus hatte etwas Gemütliches an sich. Etwas, das weder unsere Häuser noch die Gebäude in Vampirya ausgestrahlt hatten.

Wir kamen schließlich vor einem Haus zum Stehen, das ein klein wenig größer war als das auf unserer Farm. Die hellgelbe Außenfassade und das graue, recht flache Dach waren makellos. Wir standen alle davor und starrten es mit offenen Mündern an, da lief Noah bereits zur Tür und öffnete sie.

»Na kommt, rein mit euch«, sagte er und hielt sie auf.

Im Inneren war alles ebenso neu: die Küche mit ihren dunkelroten Schränken und der steinerne Esstisch, die ledernen Stühle drumherum, das beige Sofa und auch der Kamin. Sie alle waren noch nie benutzt worden. Wir standen da und wussten nicht, was wir sagen sollten.

Erst ein kleiner Piepton ließ mich zurück zu Noah schauen. Er tippte mit dem Finger auf einer Art Uhr an seinem Handgelenk herum.

»Was ist das?«, wollte ich wissen.

Zur Antwort griff er in die Innentasche seiner Weste und zog vier weitere Exemplare heraus. Eine davon war sogar rosa und kleiner als die anderen. »Damit könnt ihr eure Tür aufschließen und euer Haus kontrollieren.« Er reichte jedem von uns eine solche Uhr.

»Du meinst, wie die Datapads der Vampire?«

»Ganz genau. Nur weniger klobig«, antwortete er.

Mein Bruder legte sich die Uhr widerwillig und mit skeptischem Blick zu Noah und zu mir um das Handgelenk.

»Keine Sorge, wir überwachen euch nicht damit«, versicherte Noah ihm. »Schaltet es ein und lasst es eure Iris, eure Stimme und euren Fingerabdruck einlesen, damit nur ihr es benutzen könnt.«

Ich tippte auf den Bildschirm, der so groß war, dass quasi die ganze Uhr daraus bestand. Es war schwierig zu sagen, wo er endete und das Armband begann, so schmal wie er war. Er schaltete sich ein und eine kleine Nachricht erschien: »Willkommen, Aidan.«

Die Scans waren kinderleicht und gingen selbst meiner kleinen Schwester, die noch nie irgendein technisches Gerät in der Hand gehalten hatte, ganz leicht von der Hand – im wahrsten Sinne des Wortes.

»Ihr könnt hier wohnen, bis wir eure eigentlichen Häuser fertig gestellt haben.

»Noch mehr?«, fragte ich.

Noah nickte. »Ihr wollt doch bestimmt euer eigenes Reich?«, fragte er zu Ben und Ilona gewandt. Die beiden nickten. »Und was ist mit dir?«, fragte Noah mich.

»Ich ... Ähm...« Um ehrlich zu sein, hatte ich noch nie darüber nachgedacht, einmal ohne meine Mutter und meine Schwester zu wohnen. »Ich bleibe erstmal bei Mutter und Cally.«

»Alles klar, du weißt ja: keine zeitlich begrenzten Angebote.«

Unten

Ein paar Wochen später hatten wir uns bereits recht gut in Eden eingelebt. Es war angenehm, nicht mehr tagtäglich mit Existenzängsten konfrontiert zu sein und noch mehr, sich die Lebensmittel wöchentlich auf dem Markt aussuchen zu können, anstatt sie für Blut oder harte Arbeit erkaufen zu müssen.

Insbesondere meine kleine Schwester lernte viele Dinge kennen, die ihr bisher vollkommen fremd gewesen waren. Dinge, an die ich mich teilweise noch aus meiner frühen Kindheit erinnerte und die ich zuletzt in Vampirya gesehen hatte. Sich ein gekühltes Getränk aus dem Kühlschrank nehmen zu können, beispielsweise. Sich nachts den Weg zur Toilette durch ein kleines Licht zeigen zu lassen, an dem man sich nicht verbrennen und das man nicht durch einen Atemzug versehentlich löschen konnte. Oder die Kommunikation über unsere neuen Armbanduhren.

Auch für mich war vieles komplett neu. Beispielsweise einige Früchte wie Melonen, Ananas oder Mango. Es war außerdem das erste Mal seit meiner Zeit bei Rain, dass ich wieder in den Genuss von Pizza kam.

Meine Tage waren voll von Entdeckungen und Erlebnissen und ich verbrachte sie mit meiner Familie oder mit Noah, während Cally nach und nach neben anderen Menschen Vampir- und Halbvampir-Kinder zu ihren neuen Freunden zu zählen begann.

Die Nächte jedoch, wenn die Bäume leuchteten und die Sterne über uns glitzerten, verbrachte ich mit Gedanken an eine andere Welt. Eine Welt ohne Himmel, ohne Sterne, ohne Mond. Jedes andere Paar, das voneinander getrennt lebte, konnte wenigstens nach oben schauen und sich sicher sein, das sie sich beide unter dem gleichen Himmel befanden. Uns jedoch war selbst das nicht vergönnt. In Rains Welt gab es nur eine Decke mit künstlichen Lichtern. Keinen Mond, keinen einzigen Stern. Nichts worauf man des Nachts blicken und neue Hoffnung schöpfen konnte.

* * *

Als ich von einem meiner nächtlichen Ausflüge zum Hubschrauberlandeplatz nach Hause zurückkehrte, saß Mutter wie so oft mit einer einzigen Kerze als Lichtquelle am Küchentisch und starrte in die kleine, flackernde Flamme.

»Gute Nacht, Mutter«, sagte ich leise, als ich an ihr vorbei ging. Ich rechnete mit dem üblichen ›Gute Nacht, Aidan‹ zur Antwort.

»Weißt du«, sagte sie stattdessen leise, so dass ich stehen blieb. »Ein Teil von mir wünscht sich, dass du einfach wieder mit Evelyn zusammenkommst und vielleicht eine Familie mit ihr gründest, so wie Ben mit Ilona.«

»Wie kommst du auf Evelyn?«, fragte ich.

»Ich hab sie heute auf dem Markt getroffen. Du hast nicht erzählt, dass ihr zusammen hergekommen seid.«

»Richtig. Ich hatte auch nicht vor, sonderlich viel mit ihr zu tun zu haben.« Mit diesem kleinen Anflug von Zorn in meiner Stimme machte ich auf dem Absatz kehrt und war im Begriff das Zimmer zu verlassen, als mir noch etwas einfiel. »Und übrigens, wir haben jetzt Strom. Du brauchst die Kerzen nicht mehr.«

»Und du brauchst nicht mehr länger zurückzustecken«, antwortete sie.

Ich drehte mich wieder um. »Wie meinst du das?«

»Ich weiß, dass du noch immer an sie denkst. Dass du sie noch immer liebst. Ich sehe es dir an.

Besonders nachts, wenn du dir erlaubst, in Gedanken bei ihr zu sein. Du weißt, dass Noah einen Weg kennen muss, Vampire von unten nach Eden zu bringen. Warum bittest du ihn nicht um Hilfe, wenn du schon Evelyn nicht haben möchtest?«

Ich strich mir mit der Linken über die Stirn. »So einfach ist das nicht, Mutter. Sie ist ... *anders.*«

»Was meinst du damit?«

Ich überschlug schnell die Antworten im Kopf. Ich hatte Mutter nie erzählt, dass ich im Humanodrom einige Vampire erschossen hatte und nur davongekommen war, weil Rain offenbar etwas Besonderes war. Etwas, was sie hatten behalten wollen. »Das ist schwer zu erklären.«

»Also willst du lieber nichts tun und dein Leben allein verbringen, anstatt es wenigstens zu versuchen?«

Ich schüttelte den Kopf. »Nein, natürlich nicht.«

Mutter stand auf, ging auf mich zu und wischte eine einzelne Träne weg, die sich, ohne dass ich es bemerkt hatte, aus meinem rechten Auge gestohlen hatte. »Worauf wartest du dann? Wir sind jetzt sicher. Du musst dich nicht mehr um uns kümmern. Es ist Zeit, dass du dich um dich selbst kümmerst.«

Ich schloss die Lider und legte meine Stirn an die meiner Mutter. »Danke, Mutter.«

»Ich weiß sehr gut, wie es sich anfühlt. Seit Johns Tod habe ich meinem Herzen nie erlaubt, ihn zu vergessen, geschweige denn Gefühle für jemand anderen zuzulassen.«

»Ich weiß, du hast Dad zu sehr geliebt«, flüsterte ich.

Sie nickte. »Und du liebst *sie* zu sehr, um sie zu vergessen. Aber ich möchte nicht, dass du so einsam endest wie ich.«

Ich gab ihr einen Kuss auf die Stirn. »Ich werde gleich morgen nach einem Weg suchen.«

* * *

Am nächsten Morgen machte ich mich direkt nach dem Frühstück auf in Richtung des Scott-Hauses.

Ich befand mich noch nicht mal in der Mitte der Treppe, da ging am anderen Ende bereits die Tür auf und Noahs und Maggis Vater stand vor mir. »Komm nur rein, Aidan«, begrüßte er mich heiter.

Ich folgte ihm nach drinnen. »Ich dachte, in unseren Uhren sind keine Tracker.« Ich wollte es witzig klingen lassen.

»Zumindest keine, die ich missbrauchen würde, um meinem Besuch die Tür zu öffnen, bevor er klingeln kann«, scherzte er, während wir in die Küche gingen. »Wir haben Bewegungsmelder und Kameras rund ums Haus. Berufskrankheit. Möchtest du etwas trinken?«

Ich sah ihn stumm an.

»Wasser? Tee? Limonade? Kaffee? Bier?«, fragte er.

»Wasser«, antwortete ich schnell.

»Noch immer so bescheiden«, sagte er, öffnete einen Schrank und holte ein Glas heraus, das er mit Wasser aus der Leitung füllte. Noch etwas Neues für mich. Keine Eimer schleppen mehr. Er reichte es mir. »Und habt ihr euch in Eden inzwischen gut eingelebt?«

»Ja, ja, es ist wunderschön hier. Es tut mir leid, ich hatte noch gar keine Chance mich zu bedanken. Dafür, dass Sie meine Familie so schnell und unkompliziert hergebracht haben.«

»Nichts zu danken«, sagte er und setzte sich auf einen Barhocker an der Kücheninsel. »Und ich hatte noch keine Chance dich zu fragen, wie es dazu kam, dass du meine Tochter getroffen hast.«

Ich musste schlucken. Ich hatte ihm bisher nichts von Rain erzählt und hielt es auch für besser, es dabei zu belassen.

»Nun, ähm...«, begann ich daher zögernd. »Ich erinnere mich leider nicht mehr genau an die Details, aber die Kurzform ist: Ich bin bei einem Tumult in ein Loch gefallen und in Vampirya aufgewacht und Maggie half mir wieder nach Hause. Mit Hilfe Ihres Notizbuches.« Ein kleiner Teil von mir war sehr stolz. Stolz darauf, dass ich ihn im Grunde nicht mal angelogen hatte.

»Muss schlimm für dich gewesen sein da unten. Zwischen all den Vampiren.«

»Nun«, ich suchte kurz nach den richtigen Worten. »ich hatte nicht mit sehr vielen Kontakt und ihre Tochter hat mir gezeigt, dass es auch unter ihnen Gute und Böse gibt.«

»Das ist richtig, Aidan.« Er nickte zustimmend. Dann stand er plötzlich auf. »Aber du bist sicherlich nicht hergekommen, um mit mir zu plaudern, und ich halte dich nur auf. Noah ist im Dachgeschoss.«

»Alles klar. Ich wünsche Ihnen noch einen schönen Tag, Doc«, sagte ich, stellte mein leeres Glas auf den Tisch und verließ das Zimmer.

Einige schnelle Schritte später stand ich in Noahs Reich direkt unter dem Dach. Hier war alles weiträumig, hell und offen. Er hatte eine eigene Küchenzeile, eine Sofaecke und ein ziemlich großes Bett vor einer gigantischen Glasfront, durch die man ganz Eden überblicken konnte.

Von Noah selbst war weit und breit nicht zu sehen. Stattdessen begrüßte mich sein quirliges Haustier. Das kleine Hermelin war inzwischen im Fellwechsel und reckte seine kleine schwarze Schwanzspitze zur Begrüßung empor.

Dann öffnete sich die Tür des einzigen abgegrenzten Bereiches und Noahs Kopf schaute heraus. Er war oben ohne. Sein langes, offenes Haar hing pitschnass herunter und tropfte auf den Fußboden.

»Ach du bist es«, sagte er, dann trat er aus dem Badezimmer und band sich ein Handtuch um die Hüften. Dafür, dass er wahrscheinlich nie ums Überleben hatte kämpfen müssen, war er ziemlich muskulös.

»Was gibt es?«, fragte er und ging durch den Raum, während Drax auf sein Handtuch sprang und sich daran festklammerte.

»Ich brauche deine Hilfe«, sagte ich.

»Okay, und bei was?« Er wrang sich mit einem zweiten Handtuch die Haare aus.

»Ich muss nach Vampirya.«

Er blieb stehen und sah mich an. »Was?«

»Du weißt doch bestimmt, wie ich dort hinkomme, oder?«

»Was willst du da?«

»Das...« Ich rang mit den Worten. »Das kann ich dir leider erst sagen, wenn wir dort sind.«

»So?« Er kam mit ein paar schnellen Schritten auf mich zu. Dabei schwang sein Haar hin und her, so dass ein paar Tropfen auf meiner Wange landeten. »Du möchtest also, dass ich die Regeln breche und ich soll es tun, ohne den Grund dafür zu kennen?«

»Regeln?« Ich wischte das Wasser mit der Hand aus meinem Gesicht.

»Nur Vampire dürfen nach Vampirya.«

»Warum denn das?«

»Weil Menschen seit Jahren absolut keinen Zutritt mehr haben und Vampire logischerweise weniger Aufsehen auf der Suche nach geeigneten Bewohnern für Eden erregen.«

»Es gibt also keinen Weg für uns dorthin?«

Er antwortete nicht. Stattdessen holte er eine Hose aus seinem Schrank.

»Noah, bitte!« Ich ging zu ihm und nahm sie ihm aus der Hand.

Die Empörung stand ihm im Gesicht geschrieben. »Was soll das?«

»Bitte, ich brauche *wirklich* deine Hilfe.«

»Schön, ich soll dir helfen und ich soll es ohne Hose tun?«

Ich starrte auf die Jeans und dann auf ihn. »Heißt das, du hilfst mir?«

Er hielt mir die Hand mit der Handfläche nach oben entgegen. Ich reichte ihm seine Hose und drehte mich um. Erst als er den Reißverschluss und den Knopf geschlossen hatte, sagte er »Ja!«

Ich musste unwillkürlich grinsen.

»Aber ich verlange eine Gegenleistung«, fügte er noch hinzu.

»Was für eine?«

»Das weiß ich noch nicht. Ich will es mir nur offen halten.«

»Meinetwegen. Alles, was du möchtest.«

»Sag sowas lieber nicht, mein Freund.« Noah schüttelte den Kopf. Dann grinste auch er.

Wir wollten gerade gehen, da drehte Noah sich noch einmal um und sah etwas finster zu Drax, der im Begriff war, uns nachzulaufen. »Nein, kleiner Kumpel, du musst hierbleiben.« Drax gab ein Fiepen von sich, blieb jedoch sitzen, als wir das Zimmer verließen.

Kurz darauf waren wir abermals auf dem Weg zum Hubschrauberlandeplatz. Unterwegs tippte Noah auf seiner Armbanduhr herum. Als wir ankamen, stand Violet bereits mit verschränkten Armen vor ihrem schwarzen Helikopter.

»Startklar, Scott«, sagte sie, während wir an ihr vorbei gingen und einstiegen. Sie folgte uns und schloss die Tür hinter sich. Maik saß im Cockpit und nickte uns zur Begrüßung lediglich kurz zu.

»Wo soll es hingehen?«, fragte Violet.

»Zum Tunnel«, antwortete Noah.

Violets Augen wurden größer. »Ist das eine von Mr. T autorisierte Aktion?«

Noah hob die Hände. »Nach was sieht es denn aus?«

Violet rümpfte die Nase, dann drehte sie sich zu ihrem Kollegen um. »Starten.«

Noah und ich nahmen Platz und der Helikopter hob ab.

»Gib mir deine Uhr«, sagte Noah, wenige Minuten nach dem wir in der Luft waren.

Ich sah ihn etwas verwundert an, entfernte sie dann jedoch von meinem Handgelenk und reichte sie ihm.

Er tippte eine ganze Weile dran herum, ehe er sie mir wieder reichte. »Hier.«

Ich nahm sie wieder an mich und legte sie mir um. »Was hast du gemacht?«

»Hab‘ den Modus umgestellt. Du wirst damit

jetzt in Vampirya als Vampir erkannt und bist kein identitätsloses Etwas mehr.«

»Wie geht das?«

Er nickte. »Wir haben einige Identitäten, die wir in solchen Fällen benutzen. Wenn man damit entdeckt wird, stellen die Security Guards normalerweise keine Fragen.«

Für jemanden, der laut eigener Aussage noch nie in Vampirya gewesen war, wusste er aber verdammt gut Bescheid. »Ich dachte, du warst noch nie unten?«

»War ich auch nie. Wissen und praktische Erfahrung sind nicht aufeinander angewiesen.«

Ich beließ es dabei.

Wenig später landeten wir. Die Tür öffnete sich und alle, bis auf Maik, stiegen aus. Vor uns lag ein verwaistes Stück Tunnel von mindestens zwanzig Metern länge. Es war am Rand grob abgebrochen, als hätte man es herausgerissen und hier platziert. So wie es da zwischen zwei Felswänden auf einer ansonsten leeren, ausgedorrten Fläche lag, wirkte es ziemlich deplatziert und surreal.

»Ist das nicht ein bisschen auffällig?«, fragte ich, während wir darauf zu gingen.

»Nun, nach all den Jahren ist dies einer der wenigen Zugänge, die noch nicht entdeckt wurden. Menschen verirren sich nicht hierher und für Vampire ist es daher uninteressant. Aber das Tunnelbruchstück bietet zumindest Schutz vor Regen und Sonne.«

Der Boden im Inneren des Tunnels war betoniert. Zu beiden Seiten befanden sich Türen, die nicht beschriftet waren. Noah ging zur rechten und schloss sie auf. Dahinter kam ein kleiner Raum mit einem perfekt abgeschliffenem Loch im Boden zum Vorschein, an dessen Rand die oberen Sprossen einer Leiter zu sehen waren.

Wir knieten uns vor das Loch, während Violet sich gegen die geschlossene Tür lehnte.

»Gut, also du folgst einfach dem Haupttunnel. Er ist breiter als die anderen. Du kannst dich praktisch nicht verlaufen«, erklärte Noah mit Blick in die Tiefe.

Ich sah ihn einen Moment stumm an, bis er merkte, dass ich nichts dazu sagte.

»Was ist?«, fragte er verwundert.

»Willst du nicht deine Schwester sehen?«

Noah wich aus. »I-ich, ich kann nicht. Es ist schon Verstoß genug, dass ich dich hier her gebracht habe.«

»Ach, daher weht der Wind. Du hast Angst Daddy zu enttäuschen, hmm?«

Noah sah mich wütend an, sagte jedoch nichts.

»Weißt du was?«, sagte ich. »Mein Vater ist tot. Dennoch hatte ich mein Leben lang das Gefühl, ich müsste meiner Mutter und meinem Bruder alles recht machen. Dafür sorgen, dass sie sicher und zufrieden sind. Auch jetzt ist es für mich immer noch wichtig zu wissen, dass sie sicher und glücklich sind. Aber die Dinge, die ich tat, die sie enttäuscht haben, stellten sich für mich am Ende als die heraus, die *mich* am glücklichsten gemacht haben. Du hast so viel für die Menschen und Vampire in Eden getan. Und du wirst noch viel mehr für sie tun. Aber du darfst deine eigenen Wünsche dabei nicht vergessen.«

Noah senkte den Blick in den Tunnel, rührte sich nicht, zwinkerte nicht einmal, starrte die ganze Zeit in das Nichts unter uns. Violet kam schließlich herüber, setzte sich hinter Noah und legte ihre Hände an seine Schultern. »Scott, ich weiß doch, dass dich der Gedanke an deine Schwester immer belastet hat. Immerhin haben deine Eltern alles getan, um dich fern von ihr zu halten. Vielleicht ist das der Moment, auf den du gewartet hast.«

Noah nickte etwas gedankenverloren. »Vielleicht hast du Recht«, sagte er leise, ohne zu benennen, wen von uns beiden er damit meinte. Dann hob er den Kopf und sah mich an. »Also gut, ich begleite dich.«

Ich konnte mir ein erneutes Grinsen nicht verkneifen. »Das wollte ich hören!«

»Maik und ich fliegen zurück nach Eden. Wir holen euch in genau vierundzwanzig Stunden wieder ab.«

»Gut, danke, Vi«, sagte er und stieg ins Loch.

Violet warf mir noch einen finsteren Blick zu, der eindeutig besagte: Wenn du nicht auf ihn aufpasst, füllst du bald meinen Magen!

Dann stieg ich hinterher.

Wir folgten dem Tunnelsystem bestimmt eine halbe Stunde. Die ersten zehn Minuten lang war das Licht unserer Uhren alles, was den Weg erhellte. Erst danach waren die Wände links und rechts mit kleinen Lichtern ausgestattet. Hier sah es aus, als ob die Rohre eben erst gebaut worden waren.

»Warum sieht hier alles so sauber aus?«

»Nun, wir benutzen den Zugang nur alle paar Monate, um Vampire nach Eden zu bringen.«

»Habt ihr ihn dafür gebaut?«

»Nein, wir haben ihn nicht gebaut, früher war das ein gewöhnlicher Zugang. In den Akten der

Regierung ist er längst als verschlossen gelistet.«

Der Tunnel endete in einer schweren, runden Stahltür, an deren rechter Seite ein kleiner schwarzer Kasten blinkte. Noah hielt sein Armband dran und die Tür schwang auf.

Direkt dahinter wurden wir von einer jungen Dame im dunklen Anzug begrüßt.

»Guten Morgen«, sagte sie höflich.

Sie war ziemlich klein und hatte ihr schwarzes Haar zu einem Dutt gebunden.

»Guten Morgen-«, Noah hielt inne, um den Namen von dem kleinen Schildchen an ihrer Brust abzulesen. »Carol.«

Ich zog die Tür hinter mir ins Schloss, und Carol fragte verwirrt. »Kommt niemand mehr?«

Noah schüttelte den Kopf und zeigte ihr den Bildschirm seiner Uhr. Ich hatte keinen Schimmer, was darauf zu sehen war, aber es gehörte wohl zu seiner Überzeugungsarbeit. »Ich bin Noah Scott. Dr. Angus T. Scott ist mein Vater.«

Sie senkte eingeschüchtert den Kopf. »Verzeihen Sie, Mr. Scott. Ihr Eintreffen wurde uns nicht angekündigt.«

»Das ist korrekt. Und ich wünsche, dass niemand davon erfährt. Absolut niemand.«

»Gewiss, Mr. Scott«, antwortete sie. »Bitte folgten Sie mir.«

Wir begleiteten sie durch einen weißen, mit grauem Teppich ausgekleideten Flur, in dessen Wände alle paar Meter eine verschlossene Tür zu sehen war. Er mündete schließlich in einem großen Raum mit mehreren Schreibtischen, an denen ziemlich beschäftigte Anzugträger saßen. Sie erinnerten mich ein wenig an die Vampire aus dem Humanodrom und ich machte unwillkürlich einen Schritt zurück. »Was ist das, Noah?«, flüsterte ich ihm beunruhigt ins Ohr.

»Das ist die Schaltzentrale einer Organisation zum Schutz der Menschheit. Vor der Grausamkeit der Vampire«, sagte er.

In meinem Kopf klingelte etwas. Das hatte ich doch schon einmal gehört.

Und dann entdeckte ich ein Emblem an der hinteren Wand. HPP. ›Human Protection Program‹. Die Organisation von der Maggie so begeistert gewesen war und die wir benutzt hatten, um meine Geschwister zu befreien.

»Hast du geglaubt, wir rennen hier kopflos herum und suchen auf der Straße irgendwelche Vampire, die wir dann mit nach Eden nehmen?«

Ich zögerte einen Moment. »Du meinst, so wie du es mit mir gemacht hast?«

Noah lachte, fing sich jedoch recht schnell wieder. »Nein, im Ernst. Wir wählen für Eden hauptsächlich Vampire aus, die jahrelang beim HPP aktiv waren oder ihm gegenüber positiv eingestellt sind.«

»Das ist richtig«, meldete sich Carol wieder zu Wort. »Wen sollen wir für Sie herbringen?«

Noah wollte gerade den Mund aufmachen, doch ich kam ihm zuvor. »Momentchen, Momentchen!«, sagte ich. »Wir brauchen niemanden mit Schlips und Anzug, der uns irgendjemanden hierherholt.«

Carols Blick wanderte abwartend von mir zu Noah, welcher wiederum erst mich, dann sie musterte.

»Ja, ja, er hat Recht«, presste er dann heraus. »Trotzdem vielen Dank für die Hilfe.«

»In Ordnung«, sagte sie. »Eine Sache noch.«

Was denn jetzt noch?, dachte ich entnervt.

Carol ging zu einem Schrank an der Wand und nahm zwei Sonnenbrillen und eine Sprühdose heraus. »Ich empfehle Sonnenbrillen für die Augen und ein Verschleierungsspray für den Duft.«

»Die Kleine war doch nett«, sagte Noah, nachdem wir das Gebäude verlassen hatten. Hier unten war es noch früh am Morgen, so dass wir relativ unbeschwert gehen konnten. Ich zumindest, denn ich war ja schon hiergewesen, über den weißen Boden gelaufen und hatte die schwebenden Fahrzeuge erlebt. Noah hingegen konnte ich die Anspannung trotz Brille ansehen.

»Entspann dich«, versuchte ich, ihn zu beruhigen.

»Das sagt sich so leicht«, antwortete er.

»Glaub mir, ich weiß, wie du dich fühlst.«

»Ach ja?«, fragte er ungläubig. »Bist du auch der Sohn eines Mannes, der die Regierung sabotiert?«

»War ich mal, mehr oder weniger. Bis mein Vater starb, war er einer der Anführer der Rebellion.«

»Nun, meiner ist zum Glück noch ziemlich lebendig. Und ich hatte eigentlich vor, auch am Leben zu bleiben.«

Hier und da kam uns jemand entgegen, schenkte uns allerdings keinerlei Beachtung. Die meisten waren mit dem Datapad in ihrer Hand beschäftigt oder starrten auf den Boden.

Das brachte mich auf eine Idee. Ich blieb stehen und hob Noah meine Uhr ins Blickfeld. »Du hast gesagt, die Uhr sei im Vampir-Modus. Können wir damit ein Hovercar rufen?«

»Normalerweise schon«, antwortete er leise.

So kraftlos und ängstlich kannte ich ihn gar nicht.

»Normalerweise?«

»Ich habe es logischerweise noch nie ausprobiert«, antwortete er säuerlich.

»Wie war das nochmal mit praktischer Erfahrung und Wissen?«

Noah rollte mit den Augen, begann dann jedoch auf der Uhr herum zu tippen. Nur Sekunden später hielt eins der schwebenden Autos neben uns an.

»Sind nicht aufeinander angewiesen«, wiederholte er seine eigenen Worte und warf mir einen triumphierenden Blick zu, bevor er einstieg.

Ich folgte ihm und nahm ihm gegenüber Platz. Kaum, dass sich die Seitentür zugeschoben hatte, ertönte die weibliche Computerstimme und ließ Noah, wie auch mich zwei Jahre zuvor, zusammenzucken. »Willkommen Aaron und Peter! Bitte nennen Sie Ihr Ziel.«

»Blutbrötchen«, sagte ich, ohne lange zu überlegen.

Noah zog die Augenbrauen hoch.

Auf dem Bildschirm über uns erschien eine hellblaue Karte, auf der mehrere kleine, rote Punkte leuchteten. »Ich habe im Umkreis 20 *Blutbrötchen*-Filialen gefunden. Bitte wählen Sie eine aus.«

Ich erinnerte mich wieder daran, dass Rains Bäckerei nur eine von vielen gewesen war. Ich überlegte fieberhaft, wie ich die Suche eingrenzen konnte. Ich war zwar einen Monat hier gewesen, doch wusste ich nichts über die Einteilung in Vampirya. Gab es Bezirke? Straßennamen? Nummern? Wo war das HPP-Zentrum eigentlich und wie weit war es von jenem Bahnhof weg, in dem Rain lebte?

Noah schien zu merken, dass ich mit meinem zugegebenermaßen sehr bescheidenen Latein am Ende war. »Bahnhof Nummer drei«, fügte er für mich hinzu.

Alle Punkte bis auf einen verschwanden und die Karte wurde auf diesen einen Punkt vergrößert. »Das von Ihnen gewählte Ziel ist als ›dauerhaft geschlossen‹ gelistet. Möchten Sie trotzdem dort hinfahren?«

Wir sahen einander an.

»Ja«, sagte ich mit einem mulmigen Gefühl.

»Vielen Dank«, antwortete die Computerfrau. »Wenn Sie vorzeitig aussteigen möchten, sagen Sie bitte ›Stop‹ oder machen Sie eine Eingabe auf Ihrem Datapad.«

Wir setzten uns in Bewegung.

Unterwegs spürte ich, wie mir abwechselnd heiß und kalt wurde und mein Herz schneller zu schlagen begann. *Dauerhaft geschlossen?* Was hatte das zu bedeuten? Und was würde mich vor Ort erwarten?

Noah sah indes aus dem Fenster und schwieg.

»Aaron also«, versuchte ich, die Stille zu durchbrechen.

Noahs Mundwinkel hoben sich leicht, ohne dass er mich ansah. »Fängt mit A an, oder nicht?«

»Das stimmt«, gab ich zu. »Und woher wusstest du, welcher Bahnhof der Richtige war?«

»Meine Eltern haben mir nicht alle Informationen über meine Schwester verwehrt. Ein paar Dinge über sie sind mir durchaus bekannt.«

Ich warf einen Blick auf meine Uhr, nur um festzustellen, dass wir gerade einmal ein paar Minuten unterwegs waren. Nicht etwa dreißig Minuten, wie es sich anfühlte.

»Wo fahren wir eigentlich hin?«, fragte Noah nach einer Weile.

Ich deutete mit einer Kopfbewegung auf den Bildschirm, auf dem noch immer das Ziel markiert und beschriftet war.

Doch er ließ es nicht dabei bewenden. »Du weißt, was ich meine.«

»Das erfährst du noch früh genug«, war alles, was ich dazu sagte.

Noah schürzte die Lippen und schüttelte den Kopf.

Schließlich hielten wir an. »Blutbrötchen, Bahnhof Nummer drei«, sagte das Auto, während sich die Türen aufschoben. »Vielen Dank, dass Sie mit uns gefahren sind, Aaron und Peter.« Ich merkte kaum, wie sich das Hovercar entfernte.

Ich brauchte einen Moment, um mich zu orientieren, doch dann erkannte ich das kleine Geschäft wieder. Das Schaufenster war verdunkelt und dort, wo der Schriftzug mit dem blutenden Brotlaib geprangt hatte, waren nur noch ein paar Klebereste. Mit viel Vorstellungskraft konnte man die einstige Reklame gerade noch so erkennen.

»Sieht so aus, als wäre hier schon länger niemand mehr gewesen«, sprach Noah aus, was ich befürchtete.

Ich trat näher an das Schaufenster, legte meine lederne Rechte auf das Glas. Was war passiert? Hatten sie Rain doch dafür bestraft, dass sie nach oben gegangen war? Oder dafür, dass sie ins Humanodrom eingedrungen war, um meine Geschwister zu retten? Hatte sie für die Vampire bezahlen müssen, deren Leben ich bei meinem Rettungsversuch beendet hatte? Oder war sie gar dafür bestraft worden, dass sie mich versteckt hatte? Egal wie ich es auch drehte und wendete, was auch immer ihr zugestoßen war, war meine Schuld.

Ich sank auf den Boden vor dem Schaufenster zusammen.

Ja, es war meine Schuld. Alles. Wenn ich nicht bei ihr gelandet wäre, hätte sie ihr Leben ganz normal fortführen können.

Ich erinnerte mich daran, wie sie mir auf der Fahrt zum Humanodrom offenbart hatte, wie glücklich sie darüber war, dass ich ausgerechnet in ihrem Lager gelandet war. Ich sollte es nie vergessen, darum hatte sie mich gebeten und ihre zarte Hand auf meine gelegt, die den Schalthebel unseres alten, blauen Lieferwagens umfasst hatte. Jetzt da ich auf dem warmen, schneeweißen Boden kniete, spürte ich noch immer das zarte Gewicht ihrer Hand auf meiner.

»Aidan?«, fragte Noah vorsichtig. Seine Stimme klang sehr fern. Sehr, sehr fern. »Aidan, ist alles in Ordnung?« Er stellte sich seitlich hinter mich und legte seine Hand auf meine Schulter.

»Nein«, krächzte ich, dann stand ich langsam wieder auf. Meine Beine fühlten sich plötzlich sehr schwer an.

Ich nahm die Sonnenbrille ab und rieb mir die feuchten Augen.

Ausgerechnet in diesem Moment hörten wir, wie sich uns jemand von hinten näherte. Er trug einen dunkelblauen Anzug und hatte eine kleine braune Ledertasche unter den Arm geklemmt. Ich setzte mir rasch wieder die Brille auf die Nase und stellte kurz darauf fest, dass seine keine Gläser hatte.

»Kann ich Ihnen beiden helfen?«, fragte der Mann freundlich.

»Nein, wir haben nur gerade festgestellt, dass dieser Laden wohl geschlossen ist«, antwortete Noah.

»Ja.« Er nickte. »Schon seit einiger Zeit.«

Ich sah noch einmal zu den Kleberesten hinauf. Wahrscheinlich hatte sie das Blutbrötchen nach dem Vorfall im Humanodrom gar nicht mehr öffnen können.

»Es ist wirklich ein Jammer«, fuhr der Anzugträger fort. »Wissen Sie, ich war hier jeden Morgen. Es lag so geschickt auf dem Weg zu meiner Kanzlei und Rain war immer so nett.«

Als er ihren Namen aussprach, fühlte es sich an, als stäche man mir ein Messer direkt ins Herz. *War* immer so nett.

»Wenn ich jetzt ein Croissant von ihr haben möchte, muss ich erst durch den halben Bahnhof fahren.«

Beinahe hätte ich mich an meiner eigenen Spucke verschluckt. »Wie bitte?«, brach es aus mir heraus. Am liebsten hätte ich ihn direkt an seinem geschniegelten Hemdkragen gepackt und die Worte aus ihm heraus geschüttelt.

»Nun, sie arbeitet jetzt in Maggies Café am Südwind«, antwortete der Anwalt.

Mein Puls schnellte sofort wieder in die Höhe. Ich packte Noah am Arm und zog ihn mit mir.

»Haben Sie vielen Dank!«, rief ich dem nun etwas verwirrt dreinschauenden Mann zu, ehe ich das nächste vorbeifahrende Hovercar schlicht dadurch anhielt, dass ich mich davor stellte.

»Café am Südwind«, sagte ich beim Einsteigen, noch bevor das Fahrzeug auch nur einen Ton von sich geben konnte.

Die restlichen Floskeln, die es danach noch abspulte, nahm ich gar nicht mehr wahr. Wenn alles gut lief, würde ich Rain gleich wiedersehen. In meiner Brust überschlug sich mein Herz.

»Ich habe mich also doch nicht geirrt«, sagte Noah.

»Hmm?«, murmelte ich, den Ellbogen am Fenster und das Kinn auf die Hand gelegt.

»Meine Schwester würde nie ein Café führen, dass diesen Namen trägt.«

»Stimmt«, war alles, was ich dazu sagte.

Noah sah missmutig drein. Den Rest der Fahrt schwiegen wir.

Schließlich hielten wir erneut an. »Café am Südwind«, sagte die Computerfrau.

Die Türen schoben sich auf und ich sprang aus dem Hovercar. Noah folgte mir.

Ganz im Gegensatz zum Blutbrötchen sah Maggies Café genau so aus, wie ich es in Erinnerung hatte. Ein anthrazitfarbenes Gebäude mit weißem Kaffetassen-Symbol über der Glasfront. Bisher hatte ich es nur im geschlossenen Zustand erlebt. Einen großen Unterschied zu jetzt gab es aber nicht. Hier und da saßen vereinzelte Personen, doch der Großteil der runden Tisch war leer.

Hinter dem Tresen entdeckte ich Maggies rote Locken, die sie, wie so oft, zu einem Zopf gebunden hatte. Sie war gerade damit beschäftigt, die Kaffeemaschine zu bedienen.

Noah und ich schlichen uns unauffällig hinein und nahmen an einem Tisch ganz hinten in einer Ecke Platz. Noah mit dem Rücken zum Tresen, ich mit Blick darauf. Noch bevor sie sich umdrehte, schnappte ich mir eine Speisekarte und hielt sie vor mein Gesicht, so als wäre ich wahnsinnig darin vertieft. Zu meinem Glück war Maggie eine der wenigen, die noch auf Papier setzten. Für Maggie, so hatte Rain es mir mal erzählt, war das allerdings eher kontraproduktiv, da sie ihre Blutpreise permanent erhöhte und so dauernd nachdrucken musste. Auch in dieser Karte waren die Preise im unteren Bereich von Hand durchgestrichen und daneben neu notiert.

Ich lugte am Rand der Karte vorbei und sah, wie sie auf uns zukam.

»Was kann ich Ihnen bringen?«, fragte sie an Noah gerichtet. Wahrscheinlich weil dieser keine Karte vor der Nase hatte.

»Öhm, einen Kakao bitte«, antwortete er.

»Small, Medium oder Large?«

Ich fiel ihm ins Wort, ohne die Karte zu senken. »Ohne Blutzusatz.«

Ich konnte ihr Gesicht zwar nicht sehen, doch das Geräusch, das sie daraufhin machte, klang nach positiver Verwunderung.

»Für mich dasselbe, bitte«, schob ich noch schnell hinterher.

»Alles klar«, antwortete sie leicht beflügelt. Ich erhaschte einen Blick auf sie und sah, dass sie förmlich davon schwebte.

Keine zwei Minuten später stellte sie uns beiden zwei Tassen Kakao auf den Tisch. Sie verströmten den zarten Duft dunkler Schokolade und waren mit einem kleinen Schokoherz auf dem Sahnehäubchen dekoriert. Ich nahm einfach mal an, dass Kunden, die einen Kakao mit viel Blut bestellten, kein Herz bekamen. Wahrscheinlich sparte sie bei denen sogar die Sahne.

Die nächste Stunde verbrachten Noah und ich damit, an unseren Tassen zu nippen und uns ein paar HPP-Flyer durchzulesen, die in einem kleinen Ständer in der Tischmitte platziert waren. Rain war nirgends zu sehen, Maggie bediente Kunden und sah ab und zu zu uns herüber.

Um uns herum leerte es sich zusehends.

Irgendwann waren wir die einzigen Kunden, die noch übrig waren.

Maggie hatte bereits das Schaufenster abgedunkelt und die Tafeln über dem Tresen abgeschaltet, als sie an unseren Tisch trat. »Es tut mir ja wirklich leid, dass ich ausgerechnet so tolle Kunden wie Sie beide mehr oder weniger rauswerfen muss, aber wir machen jetzt Mittagspause.«

Noah sah mich fragend an. Ich gab ihm mit einem Nicken mein Okay, er seufzte und nahm seine Brille ab. »Das sollte es auch«, sagte er.

Maggie schaute ihn überrascht an. Als Noah die Augen aufschlug und zu ihr aufsah, machte sie einen Schritt zurück.

»Solche Kunden wie uns beide bekommen Sie nämlich so schnell nicht mehr hier zu Gesicht.«

»Du bist-«, begann sie, wurde jedoch davon unterbrochen, dass ich ebenfalls meine Brille abnahm. Ihre Augen weiteten sich. »Oh mein Gott!« Sie schlug sich die Hände vor den Mund.

Einen Moment starrten wir einander nur an, dann stand ich auf.

Maggie fasste sich und umarmte mich. »Nicht zu fassen«, flüsterte sie. Dann trat sie einen Schritt zurück und drehte den Kopf halb Richtung Tresen. »Rain?!«, rief sie nach hinten. Sie wischte sich ein paar Tränen weg, die ihre Wange hinabliefen und lachte verlegen.

Dann hörte ich Schritte und mein Herz begann erneut zu rasen.

Sie betrat den Raum aus einer Tür an der rechten Seite. Das lange blonde Haar war zu einem Pferdeschwanz gebunden und sie hatte eine zartrosa Bluse an. Zuerst schien sie genervt, dann jedoch entdeckte sie, warum sie gerufen worden war, und erstarrte.

»Rain?«, fragte Maggie. Doch sie reagierte nicht, sondern stand einfach nur da.

Ich ging langsam auf sie zu. Sie sah mich an, ihre Augen so strahlend blau, wie ich sie in Erinnerung hatte. Als ich schließlich direkt vor ihr stand, sah sie noch immer wortlos zu mir hinauf. Ich legte meine Hände an ihre Wangen. Ein Teil von mir hatte Angst fortgestoßen zu werden, der Andere hielt es jedoch nicht mehr aus. Ich schloss die Augen und legte meine Lippen auf die ihren. Es dauerte ein paar Sekunden, doch dann erwiderte sie meinen Kuss, und ich spürte ihre zarten, kühlen Hände an meinem Hals. Endlich umarmten wir einander innig.

»Bitte verzeih, dass es so lange gedauert hat«, flüsterte ich ihr zu.

Sie lachte und weinte zugleich. »Idiot«, neckte sie mich.

»Das höre ich nicht zum ersten Mal.«

Wir lachten beide leise und küssten uns erneut.

Maggie meldete sich schließlich wieder zu Wort. »Jetzt aber mal ganz im Ernst, wie habt ihr es hierher geschafft, der letzte Zugang wurde doch vor zwei Jahren verschlossen.«

»Du meinst, der letzte Zugang, der im Notizbuch deines Vaters verzeichnet war«, erwiderte ich. Es war mehr eine Korrektur, als eine Frage.

»Ja«, antwortete Maggie.

»Doktor Angus Timothy Scott, das ist doch der komplette Name deines Vaters, richtig?«

»Jaaa?« Maggie stemmte die Hände demonstrativ in die Hüften. »Woher weißt du seinen kompletten Namen mitsamt Titel? Ich kann mich nicht erinnern, ihn dir gesagt zu haben.«

»Von ihm«, antwortete ich und deutete mit einem Kopfnicken auf meine Begleitung.

»Du kennst meinen Dad auch?«, fragte sie an Noah gerichtet.

»Jap«, antwortete er und stand auf. »Mein ganzes Leben schon.«

Maggie runzelte fragend die Stirn.

»Mein Name ist Noah Angus Scott.«

Maggie riss die Arme hoch und ließ sie dann kraftlos fallen.

»Ich bin dein kleiner Bruder«, fügte er hinzu und sah ein kleines bisschen verlegen drein. Er erinnerte mich irgendwie an Cally, wenn sie etwas ausgefressen hatte. Dabei konnte er am wenigsten dafür, dass er existierte und dass ihre Eltern es bis dato vermieden hatten, die beiden Geschwister einander vorzustellen. Ich als großer Bruder zweier jüngerer Geschwister fand es furchtbar, dass sie Maggie die Chance verwehrt hatten, eine große Schwester für Noah zu sein. Ich liebte Ben und Cally und um nichts in der Welt hätte ich sie je wieder hergegeben.

Maggie setze sich noch immer sprachlos auf meinen zurückgeschobenen Stuhl und Noah nahm ebenfalls wieder Platz.

»Kannst... Kannst du mir bitte einen doppelten Espresso machen?«, fragte Maggie Rain.

»Klar«, antwortete die und eilte zur Kaffeemaschine.

Während sie damit beschäftigt war Knöpfchen zu drücken, die das Gerät piepsen ließen, versuchte Noah, ein Gespräch mit seiner Schwester zu führen.

»Unsere Mutter erfuhr von mir, als sie die letzte Untersuchung vor der Verwandlung machte«, erzählte er.

Ich kannte die Geschichte ja schon und hörte daher nur auf einem Ohr zu. Meine Aufmerksamkeit galt viel mehr Rain, die nun den Espresso zu Maggie herübertrug und dabei etwas zittrig wirkte. Als sie das Tässchen vor Maggie stellen wollte, verschüttete sie auch prompt einen Teil davon. Rains rosafarbenes Oberteil sog das schwarze Gebräu auf wie ein Schwamm und es bildete sich ein großer dunkler Fleck auf Bauchnabelhöhe.

»Verdammt«, zischte Rain verärgert.

»Nicht schlimm, es reicht fürs Erste«, meinte Maggie und nahm sofort einen Schluck.

»Ich werd mich trotzdem mal umziehen. Entschuldigt mich«, gab Rain zurück, drehte sich um, huschte an mir vorbei und verschwand durch die Tür, durch die sie vorhin gekommen war.

Ich warf noch einmal einen Blick auf Noah und Maggie. Letztere nickte mir mit einem Lächeln zu und zwinkerte.

Jetzt begriff auch ich und drehte mich ebenfalls um, ohne noch etwas zu sagen.

Ich war noch nie in Maggies Wohnung gewesen. Selbst als Rain von Ben verwundet worden war und ich zu Maggie geeilt war, um sie um Hilfe zu bitten, war ich lediglich in ihrem Café gewesen.

Im Großen und Ganzen ähnelte sie Rains alter Wohnung. Das Meiste war in Hochglanz-Weiß gehalten, wie auch der Rest von Vampirya. Was Maggies Zuhause wahrscheinlich von dem anderer Vampire unterschied, waren die vielen kleinen Details, die an die Oberwelt erinnerten. An mehreren Stellen entdeckte ich alte und teilweise recht mitgenommene Bücher und verdorrte Pflanzen. Auf einem Beistelltischchen lag eine alte Zeitung, die mit ›Mai 2045‹ datiert war, und auf der die Schlagzeile ›Diese Treppe nehmen Sie nur einmal‹ prangte. Ich wollte sie aufschlagen und darin lesen, denn es war eine Zeit, die mein Vater noch miterlebt hatte. Doch dann hörte ich ein Rascheln in einem der hinteren Räume und folgte dem Geräusch.

Die Tür zu Rains Zimmer stand einen Spalt offen. Vorsichtig drückte ich sie auf und trat langsam ein. Sie hatte ihre Bluse bereits fast ganz ausgezogen. Der Stoff hing ihr jetzt nur noch um die Arme. Sie hatte mir ihren makellosen Rücken zugewandt und mein Blick blieb auf dem Verschluss ihres schwarzen BHs hängen.

Ich schloss die Tür hinter uns.

»Du bist nicht wegen des Flecks gegangen«, sagte ich.

»Nein«, antwortete sie leise, ohne sich zu mir zu drehen.

»Und auch nicht, um den Beiden Zeit für einander zu geben.«

»Nein.«

Ich ging die paar Schritte zu ihr herüber, legte sanft meine Arme um sie und mein Kinn auf ihre Schulter. »Warum dann?«, flüsterte ich ihr direkt ins Ohr.

»Ist das nicht offensichtlich?«, flüsterte sie.

Ich hörte, wie die Bluse auf dem Boden landete. Dann drehte sie sich zu mir um, legte ihre kühle Hand erneut auf meine Wange und sah mich an. »Ich habe solche Angst gehabt. Ich wusste nicht, was sie mit euch gemacht haben. Ob sie die Vereinbarung auch eingehalten haben. Ich konnte nur vor dem verlassenen Gebäude mit der Rolltreppe stehen und zusehen, wie sie es abrissen.«

Ich legte meine Hand um ihr Handgelenk und nahm ihre Hand von meiner Wange. Dann drehte ich sie so um, dass ihre Handfläche nach oben zeigte und strich mit dem Daumen über ihr Tattoo. 666. »Hast du darüber etwas herausgefunden?«

»Nein«, antwortete sie. »Luca wollte mir nichts sagen.« Sie ging hinüber zum Bett, setzte sich auf dessen Rand und sah hinunter auf den Fußboden.

»Der Junge, der meinte, dass du wichtig wärst?« Ich setzte mich neben sie.

»Ja«, sagte sie, ohne mich anzusehen.

»Nun, ich weiß nicht, warum du für ihn etwas Besonderes bist. Aber ich weiß, warum du für *mich* etwas Besonderes bist.«

Sie hob den Kopf und sah mich an und lächelte leicht.

Ich legte meine Hand an ihre Schulter und übte sanft Druck aus. Wir legten uns beide aufs Bett und sahen einander an. Eine Haarsträhne fiel ihr ins Gesicht. Ich schob sie sanft hinter ihr Ohr.

»Ich war zuerst beim Blutbrötchen. Es war ein furchtbares Gefühl, es leerstehen zu sehen. Ich dachte, sie hätten dir etwas angetan, dafür, dass du mich versteckt hast.«

Sie schürzte die Lippen. »Niemand hat mir etwas getan und niemand hat je erfahren, dass du überhaupt hier warst.«

»Anscheinend haben wir beide das Schlimmste befürchtet«, sagte ich.

Sie nickte, erhob sich und rollte sich dann auf mich. »Und zum Glück lagen wir beide falsch«, sagte sie und küsste mich.

Meine Hände strichen über ihren Rücken und öffneten anschließend den kleinen Haken an ihrem BH.

Rückkehr

»Bist du dir sicher, dass du das alles mitnehmen möchtest?«, fragte ich Maggie, als sie den Raum zum dritten Mal mit Büchern, Zeitschriften und anderem *menschlichen* Krimskrams betrat.

Sie ließ sich von meiner Frage jedoch nicht beirren und stopfte alles zu den anderen Sachen in ihre türkisfarbene Tasche. »Ich meine, da oben bist du umringt von Menschen. Du wirst Teil der Menschenwelt sein.«

Sie seufzte und testete, ob der Reißverschluss noch zuging. »Ich weiß, worauf du hinaus willst, Aidan. Und ja, ich hab das alles gesammelt, weil mich die Menschen faszinieren und Dad mich damit angesteckt hat. Und ja, ich brauch das alles dort wahrscheinlich nicht mehr. Vielleicht lasse ich es sogar in der Tasche und seh' es mir nie mehr an, weil ich mit anderen Dingen beschäftigt bin. Aber ich hab' das alles so wissbegierig gesammelt, mich so sehr darüber gefreut und es dabei irgendwie auch so lieb gewonnen. Ich kann es jetzt nicht hierlassen.« Sie machte eine kurze Pause. »Ich weiß, es sind nur Gegenstände, aber irgendwie ... fühlt es sich an, als würde ich *Freunde* zurücklassen.«

»Okay, verstehe«, sagte ich.

Sie schüttelte den Kopf. »Das bezweifle ich stark. Aber trotzdem danke.«

Ich sah hinüber zu Noah und Rain, die auf Maggies blauem Sofa saßen. Noah warf zum wahrscheinlich zehnten Mal einen Blick auf die Uhr an seinem Handgelenk.

»Wir schaffen es schon noch«, versuchte ich, ihn zu beruhigen.

»Ich hoffe es«, gab er zurück.

Unsere vierundzwanzig Stunden waren fast um.

»Und du bist fertig mit packen?«, fragte Noah Rain. Es war offensichtlich, dass er die Frage nur stellte, um auf andere Gedanken zu kommen, denn Rain hatte ihre kleine Tasche vor über einer Stunde geschlossen und seither nicht mehr angerührt.

»Es gibt nicht all zu viel, woran ich hänge«, antwortete sie.

»Bist wohl das Gegenteil meiner Schwester, hm?«

Sie lachte etwas betrübt. »In mancher Hinsicht, ja.«

Dann sahen wir wieder stumm Maggie beim Packen zu.

* * *

Etwa eine halbe Stunde später schloss Maggie zum wahrscheinlich letzten Mal ihr Café mit ihrem Datapad zu. Dann berührte sie den Türknauf. »Leb wohl, mein kleines Café-Baby«, flüsterte sie mit geschlossenen Lidern.

Ich fand es lustig und traurig zugleich. Doch Noah ließ keine weiteren Sentimentalitäten zu. »Los Leute, wir haben fast keine Zeit mehr«, drängte er uns zum Gehen, legte seine Hände auf die Schultern seiner Schwester und trieb sie sanft an.

»Schon gut«, sagte Maggie und drehte sich um. Wir stiegen in ein zuvor von ihr gerufenes Hovercar ein, nicht ohne dass Maggie erneut einen Blick zurückwarf.

Während sie und Noah uns gegenüber saßen und aus dem Fenster sahen, nahm ich Rains Hand und drückte sie sanft.

»Fiel dir der Abschied vom Blutbrötchen auch so schwer?«, fragte ich sie.

»Nicht wirklich. Das Blutbrötchen war für

mich eine Art Existenzgrundlage und lange Zeit dachte ich auch, dass es genug war, wenn ich schon keine Erinnerung an meine Vergangenheit besaß wie die anderen Vampire. Aber als mir klar wurde, dass ich es von Luca und seinem Vater quasi zugeteilt bekommen hatte, um eine Aufgabe zu haben und weniger Fragen zu stellen, wollte ich es nur noch loswerden. Das Einzige, woran ich hing, waren die Erinnerungen an die Zeit mit dir dort. Aber auch die waren irgendwann nur noch mit Schmerz verbunden.«

Ich nahm ihre Hand in beide Hände und küsste ihren Handrücken. »Tut mir leid, dass du meinetwegen leiden musstest. Das wollte ich nie.«

»Aber natürlich nicht«, antwortete Rain.

Noah räusperte sich.

»Was?«, fragte ich etwas genervt.

»Warum hast du mir eigentlich nicht erzählt, warum du wirklich nach Vampirya wolltest?«

Ich zuckte mit den Schultern. »Ich weiß es nicht. Ich hielt es einfach für besser, nichts zu sagen.«

»Moment«, meldete sich nun auch Maggie zu Wort. »Du bist also gar nicht *meinetwegen* hier her gekommen und hast ihn mitgebracht, sondern er kam *ihretwegen* und hat dich mitgebracht?«

»Mehr oder weniger. Ohne ihn säße ich wahrscheinlich immer noch dort und würde auf Vater hören.«

Maggie sah traurig auf den Boden. »Ich kann immer noch nicht glauben, dass er mich einfach hier unten zurückgelassen hat. All die Jahre ...«

»Er hatte sicher seine Gründe.« Noah legte seine Hand auf die seiner Schwester.

»Welchen Grund sollte man haben, sein eigenes Kind zu verlassen und es jahrelang hoffen und bangen zu lassen?«, fragte Rain.

»Vielleicht dachte er, Maggie sei glücklich mit ihrem Café?«, sagte ich.

»Dad wusste, dass wir das Café nur aufgemacht hatten, um keine Vorgesetzten zu haben, denen wir Rechenschaft ablegen mussten, wenn er längere Zeit unterwegs war, um Mutter zu suchen«, erklärte Maggie.

Dann hielten wir plötzlich an. Noch ehe die Hovercar-Frau unsere Namen sagen konnte, waren wir ausgestiegen.

»Wow«, sagte Maggie mit Blick auf das große Gebäude, an dessen Front in großen, grünen Lettern ›Human Protection Program – Unser Herz schlägt für schlagende Herzen‹ stand. »Ich bin hier ein paar Mal gewesen, um Goodies abzustauben und etwas zu spenden, aber ich hätte nie gedacht, dass hier-«

»Maggie!«, zischte Noah

»Schon gut«, sagte sie beschwichtigend.

Hier waren mehr Leute unterwegs, als dort, wo wir losgefahren waren. In Sichtweite stand sogar ein Security Guard.

»Lasst uns rein gehen«, sagte Noah, nun wieder ruhig.

Wir nickten und folgten ihm ins Innere des

Gebäudes. Am Empfang saß eine junge Dame mit braunen Locken.

»Guten Morgen«, begrüßte sie uns. »Was kann ich für Sie tun?«

Noah schob ohne Worte seine Karte über den Tresen.

»Zum Aufzug und dann die 5334 wählen«, sagte sie.

»Danke« antwortete Noah.

Der gläserne Aufzug war mit dem gleichen Teppich ausgelegt wie der Rest des Gebäudes und trug uns binnen Sekunden in das gewünschte Stockwerk. Als sich die Tür öffnete und wir heraustraten, standen wir wieder in dem Großraumbüro, das mit dem Gang in die Oberwelt verbunden war. Es dauerte keine dreißig Sekunden, da kam auch wieder Carol auf uns zugelaufen.

»Schön, dass Sie zurück sind, Mr. Scott«, sagte sie freundlich.

»Danke, Carol«, antwortete er. »Wir möchten diese zwei jungen Damen mit nach Eden nehmen.«

»Natürlich«, sagte sie daraufhin. »Bitte folgen Sie mir.«

Sie führte uns in ein kleines Zimmer, das ein bisschen an die Spendenräume der Vampire erinnerte. Neben verschiedenen Geräten befand sich darin eine dunkelblaue Liege. Der Boden war hell und glatt.

»Bitte setzen Sie sich«, sagte Carol und bedeutete Rain und Maggie, sich auf die Liege zu setzen. Noah und ich blieben im Türrahmen stehen.

Carol holte ein Gerät aus einer Schublade und nahm auf einem weißen Hocker Platz, der mit vier leisen Rollen über den Boden glitt. »Bitte reichen Sie mir Ihr rechtes Handgelenk«, bat sie.

Während sie an Maggies Handgelenk ansetzte, versuchte ich, mich daran zu erinnern, wo ich so ein Werkzeug schon einmal gesehen hatte. Es gab leise Pieptöne von sich und leuchtete, während es über die bleiche Vampirhaut fuhr.

»Was machen Sie da?«, wollte Maggie wissen.

»Ich scanne Ihren ID-Chip ein und deaktiviere ihn im Anschluss, damit wir ihn herausnehmen können.«

»Rausnehmen?« Maggie klang besorgt.

»Wir können nicht riskieren, dass die Regierung einen Chip in Eden aufspürt, deswegen entfernen wir ihn vorsorglich. Egal, ob Mensch oder Vampir.«

»Verstehe«, sagte Maggie.

Im Gegensatz zu mir schien sie sich keine Gedanken darum zu machen, wie sie ohne Chip je wieder zurückkehren sollte.

»Das könnte gleich etwas ziepen«, warnte Carol.

Maggie holte tief Luft und kniff die Augen zusammen. »Okay.«

Mit einer Mischung aus Ekel und Faszination beobachtete ich, wie zwei kleine silberne Nadeln aus der Unterseite von Carols Gerät herausfuhren, sich in Maggies Handgelenk bohrten und den Chip heraushebelten. Direkt im Anschluss sprühte sie fachmännisch eine Tinktur aus einem schwarzen, unbeschrifteten Döschen auf die

Stelle. Binnen Sekunden verschloss sich die Wunde. Dennoch klebte Carol zum Schluss noch ein weißes Pflaster mit dem HPP-Logo darauf.

»Das ist ja hübsch, vielen Dank!«, sagte Maggie freudestrahlend, kaum dass sie die Lider wieder geöffnet hatte. »Kann ich davon noch eins mitnehmen?«

»Gern geschehen«, antwortete ihr Gegenüber verhalten und reichte ihr ein verpacktes Pflaster. Als Nächstes rollte sie etwas nach links zu Rain.

»Und Nummer zwei«, sagte sie und fuhr über Rains Handgelenk. Doch während sie über die schwarzen Zahlen von Rains Tattoo fuhr, gab das Gerät keinen Ton von sich. »Das ist ungewöhnlich.«

»Was?«, fragte Noah.

Carol schaltete ihr Gerät einmal aus und wieder an und versuchte es erneut. Noch immer nichts. »Ich kann den Chip nicht finden.«

»Aber es gibt keine ungechipten Personen in Vampirya«, sagte Noah.

»Das ist korrekt«, sagte Carol. Zum Test setzte sie es dann auf ihr Handgelenk und wieder ertönte das Piepen. »Also defekt ist es nicht.«

»Rain, wurde dein Handgelenk schon einmal von einem Security Guard eingescannt?«, fragte Noah.

Sie schüttelte den Kopf. »Nicht, dass ich wüsste.«

»Aber das Hovercar erkennt sie doch«, warf ich ein und war ein klein wenig stolz mich mit meinem kümmerlichen Wissen am Gespräch beteiligen zu können.

»Stimmt«, sagte Noah und rieb sich das Kinn. »Also *muss* ein Chip da sein.«

»Ist er vielleicht verrutscht?«, fragte Maggie.

Carol fuhr daraufhin langsam Rains kompletten Arm entlang. Doch weder von unten noch von oben war ein Chip zu finden. »Nein, nichts.«

Ich fragte mich, ob die Aussage des jungen Vampirs im Humanodrom, dass Rain etwas Besonderes sei, mit der Tatsache zusammenhing, dass sie keinen Chip besaß. Da Carol sie nicht auf ihr Tattoo ansprach, schien das für einen Vampir zumindest nicht ungewöhnlich zu sein.

»Was ist mit dem anderen Arm?«, schlug Noah vor, woraufhin Carol langsam über Rains linken Arm fuhr. Wieder nichts.

Ich erinnerte mich daran, wie mein Chip entfernt worden war. Bei mir hatten sie nicht das Handgelenk, sondern den Nacken gescannt. Wie beim Vieh. Zwar missfiel mir der Gedanke, dass Rain auch auf etwas Derartiges herabgestuft worden sein könnte, dennoch mussten wir es zumindest versuchen. »Und der Nacken?«, schlug ich vor.

»Nur Menschen haben ihren Chip im Nacken«, sagte Noah.

Ich zuckte mit den Schultern. »Einen Versuch ist es wert, oder nicht?«

Rain beugte ihren Oberkörper nach vorn, bis Carol bequem mit dem Scanner an ihren Nacken kam – und tatsächlich: Er piepste, als hätte er die ganze Zeit nichts anderes getan. Ein paar Sekunden später war die Prozedur vorbei und die beiden Chips wurden von Carol eingetütet und verwahrt. Obwohl niemand mehr etwas zur ungewöhnlichen Position von Rains Erkennungschip sagte, sah ich ihnen allen an, dass sie sich sehr darüber wunderten und nach Erklärungen suchten. Doch wir hatten keine Zeit, uns weiter damit zu beschäftigen.

»Ich hole Ihnen beiden noch schnell Umhänge, damit sie sich nicht am UV-Licht verbrennen«, sagte Carol und verließ den Raum.

Rain wirkte müde, als sie aufstand und sich mit der Hand über das Pflaster fuhr. Ich strich ihr eine Strähne ihres langen blonden Haares hinter das Ohr. »Bald haben wir es geschafft«, versuchte ich ihr Mut zu machen.

Zur Antwort schenkte sie mir ein gezwungenes Lächeln.

»So, da bin ich auch schon wieder«, ertönte Carols Stimme bereits ein paar Sekunden, bevor sie den Raum betrat. »Bitteschön.« Sie reichte Rain und Maggie jeweils einen Umhang. Während Maggies bläulich schimmerte, war Rains eher violett. Sie sahen dem schwarzen ähnlich, den sie beim letzten Mal getragen hatte, doch ich vermutete, dass es die vom Doc erwähnten, verbesserten Modelle waren.

Carol begleitete uns noch zur Tür am Anfang des Ganges. »Ich wünsche Ihnen allen eine sichere und ruhige Reise nach Eden.«

»Danke«, sagten wir wie aus einem Munde und machten uns auf den Weg durch den Tunnel. Der Teil, der beleuchtet war, erlaubte uns, schneller zu gehen als im hinteren Abschnitt, wo wir uns wieder auf das Licht unserer Uhren verlassen mussten. Schließlich erreichten wir die Leiter.

Maggie und Noah waren schon hinauf gestiegen und ich ließ Rain den Vortritt, da blieb sie wie angewurzelt stehen.

»Alles in Ordnung?«, fragte ich.

»Ich habe ein ungutes Gefühl, Aidan«, sagte sie.

»Was?«

»Vielleicht ist es besser, wenn ich zurückgehe.

Ich will euch nicht noch einmal in Gefahr bringen.«

Ich stellte mich direkt vor sie und legte meine Hände links und rechts auf ihre Oberarme. »Du hast mich nie mehr in Gefahr gebracht als ich mich selbst. Oder wer von uns beiden war so dumm in ein Loch zu fallen und dann in die falsche Richtung zu laufen?«

Sie lachte bitter.

»Ab jetzt bleiben wir zusammen, schon vergessen?«

Sie nickte. »Okay.«

Ich umarmte sie. »Es wird alles gut werden, du wirst schon sehen. Alles was wir brauchen, sind ein Funken Hoffnung und eine Prise Vertrauen.«

Sie löste sich wieder von mir und wischte sich ein paar Tränen mit dem Handrücken ab. »Ja, allerdings«, sagte sie.

Wir kletterten gemeinsam hoch. Sie nur ein paar Stufen über mir. Oben reichte Maggie ihr die Hand und half ihr aus dem Loch. Danach tat sie das Gleiche mit mir.

»Wurde aber auch Zeit«, sagte sie grinsend. Ihr Bruder war nicht zu sehen.

»Wo ist Noah?«, wollte ich von ihr wissen.

»Draußen.«

Rain und Maggie zogen sich die Umhänge an und nahmen einander bei den Händen. »Bereit?«, fragte Rain dann ihre beste Freundin.

»Das fragst du noch?«, scherzte diese.

Mit wohl bedachten Schritten verließen sie den Schutz des Betonklotzes. Obwohl die Sonne hell vom Himmel schien, ließen sie sich nicht beirren. Im Gegenteil, sie genossen sowohl den Anblick als auch die Wärme.

»Das ist wundervoll«, sagte Maggie. »Ich dachte schon, ich hätte es komplett vergessen, aber nun, da ich es wieder spüren kann, fühlt es sich an, als wäre es erst gestern gewesen. Ich lag so gern am Strand mit einem guten Buch.«

Ihre Aussage verwunderte mich. »Ich dachte, man vergisst alles, wenn man verwandelt wird?«

»Manchmal blitzen Erinnerungen auf«, sagte Maggie. »Meistens in besonderen Momenten. Momenten wie diesem hier.«

»Verstehe«, sagte ich.

»Hey, Leute!«, hörten wir Noah rufen. Wir schauten in die Richtung, aus der seine Stimme gekommen war und entdeckten ihn auf einem Felsvorsprung hinter uns. »Braucht ihr eine Mitfluggelegenheit?«

Oben wartete Violet mit dem schwarzen Helikopter bereits auf uns. Er war ausgeschaltet. Maik saß auf dem Boden und lehnte sich gegen die Kufen. Sie stand daneben mit einer Zigarette.

»Wurde aber auch Zeit«, sagte sie kühl. Als Maggie den Berg hochkam, hob sie kurz die Sonnenbrille. »Du musst Maggie sein«, begrüßte sie sie und reichte ihr die Hand.

»Ja, die bin ich«, antwortete diese und ergriff die Hand.

»Ich bin Violet, aber du kannst mich Vi nennen.«

»Gerne«, sagte Maggie lächelnd.

Komisch. Mir hatte sie das nie angeboten. Wenn ich mich recht daran erinnerte, hatte sie sich mir genau genommen nicht mal vorgestellt.

»Und du bist?«, fragte Violet in Rains Richtung und hob auch ihr die Hand hin.

»Rain.«

»Maggies beste Freundin«, sagte Noah und verschränkte die Arme hinter dem Kopf. »Und – Achtung! – Aidans *Freundin*!«

Ich rümpfte die Nase. »Noah!« Manchmal war er wirklich noch wie ein Teenager.

Violet schnippte ihren Zigarettenstummel auf den Boden. »Wie dem auch sei, bitte alles Einsteigen.«

Statt sich zu rühren, sah Maggie jedoch dem Stummel hinterher. »Muss das sein? Wir haben uns unter die Erde zurückgezogen, um dem Planeten die Möglichkeit zu geben, sich von uns zu erholen.«

»Wirklich? Ich dachte, das gleißende Sonnenlicht wäre Schuld, das uns alle umbringen würde, wenn wir diese tollen Umhänge und Cremes nicht hätten, die dein Vater entwickelt hat«, kam es trocken von Violet.

Maggie sah missmutig drein, antwortete jedoch nicht. Stattdessen suchte sie Blickkontakt zu ihrem kleinen Bruder.

Noah räusperte sich. »Sie hat Recht, Vi. Bitte heb das auf.«

Violet verdrehte die Augen, sammelte dann aber trotzdem brav ihren Müll wieder auf.

Wenige Minuten später hoben wir mit lautem Getöse ab. Rains Finger legten sich beim Start fest um meine Hand.

»Du brauchst keine Angst zu haben. Maik ist nicht sehr gesprächig, aber er ist ein guter Pilot«, versuchte ich, sie zu beruhigen.

»Das hat er gehört«, sagte Violet vorn.

Ich ignorierte sie und konzentrierte mich auf Rain. Ich sah ihr die Furcht deutlich an. Doch ich war mir nicht sicher, ob es die Angst vor ihrem wahrscheinlich ersten Flug oder das ungute Gefühl war, von dem sie gesprochen hatte.

»Noah«, sagte ich dann, zunächst ohne den Blick von Rain abzuwenden.

»Hmm?«, hörte ich ihn murmeln.

Ich drehte meinen Kopf in seine Richtung. »Wenn wir in Eden ankommen, lass Rain bitte außen vor, wenn du mit Maggie zu eurem Dad gehst.«

»Was?«, fragte er verwundert.

»Ich denke, es ist besser, wenn er vorerst nicht von ihr erfährt.«

»Warum?«, fragte nun auch Maggie.

Ich sah wieder zu Rain, die mich ausdruckslos anschaute. »Nur so ein Gefühl«, antwortete ich.

»Meinetwegen«, sagte Noah.

* * *

Wir landeten zur Mittagsstunde in Eden. Natürlich war Maggie begierig darauf, so schnell wie möglich ihre Mutter und ihren Vater wiederzusehen, dennoch konnte ich arrangieren, dass wir erstmal zu meiner Familie gingen.

Nachdem ich die Haustür mit meiner Armbanduhr geöffnet hatte, betraten wir allesamt das Haus. Hugos lautes Bellen begrüßte uns.

»Hugo, aus!«, hörte ich meine kleine Schwester rufen, noch bevor ich ihr niedliches Gesicht sehen konnte. Dann kam sie vom Wohnzimmer in den Flur geeilt. Als sie Rain erblickte, strahlte sie. »Rain!«, rief sie und sprang ihr in die Arme.

»Callylein«, sagte Rain und drückte meine kleine Schwester sanft an sich.

Dann erschien auch unsere Mutter im Türrahmen. »Nicht zu fassen, du hast es geschafft!«, sagte sie und umarmte Rain ebenfalls.

Noah sah von Rain zu meiner Mutter und meiner Schwester und dann wieder zu mir. »Scheint, als würdet ihr euch alle bereits kennen.«

»Lange Geschichte«, sagte ich.

Noah lächelte. »Kein Problem.«

»Können wir dann?«, fragte Maggie ungeduldig ihren Bruder.

»Natürlich«, antwortete er.

»Kann ich mitkommen?«, klinkte ich mich ein.

Noah und Maggie sahen einander an, dann nickte Noah.

Ich ging noch einmal zu Rain und gab ihr einen Kuss zum Abschied. »Du wartest hier auf mich, ja?«

»Ich habe zwei Jahre auf dich gewartet. Was machen da schon ein paar Stunden?«

Ich sah sie warm an. »Ich habe mein ganzes Leben gewartet.«

Sie lächelte.

»Und du und Hugo, ihr passt gut auf sie auf, bis ich zurück bin, ja?«, fragte ich an meine kleine Schwester gerichtet.

Cally strahlte. »Aber sicher!«

»Können wir dann?«, fragte Noah. »Sie hat fast zwanzig Jahre gewartet, um ihre Mutter wiederzusehen.«

»Natürlich, sorry Maggie.«

Wir verließen das Haus und machten uns auf den Weg zum Scott-Anwesen. Den ganzen Weg über ging Maggie, angeleitet von den Richtungsangaben ihres Bruders, zielstrebig voran. Doch wenige Meter vor unserem Ziel blieb sie plötzlich stehen.

»Was ist?«, fragte Noah und legte eine Hand auf ihre Schulter.

Maggie atmete einmal laut hörbar ein und aus. »Ich weiß nicht.«

»Alles in Ordnung?«, fragte ich vorsichtig. Ich hatte eine ungefähre Ahnung davon, wie sie sich fühlen mochte, schließlich hatte ich Rain nach zwei langen Jahren wieder getroffen und war ebenfalls sehr nervös vor unserer Begegnung gewesen. Doch die Trennung von ihr und ihren Eltern hatte bedeutend länger als zwei Jahre angedauert. Ganz zu schweigen von den vielen unausgesprochenen Dingen, die zwischen ihnen lagen.

»Ja, alles gut. Los geht's. Ich bin bereit«, sagte sie dann, ihre Stimme nun etwas kräftiger.

Noah ging vor und öffnete die Tür. Als wir eintraten, begrüßte uns niemand in der unteren Etage.

»Kommt«, sagte Noah und ging die Treppen hinauf in den ersten Stock. Maggie sah sich aufmerksam um, während sie ihm folgte und ich ging ganz hinten.

»Mum?«, rief Noah oben angekommen.

»Hier drüben«, hörten wir ihre Stimme vom Balkon, der nach hinten raus ging. »Was gibt es denn?«, fragte sie, noch während sie von draußen reinkam. Doch kaum hatte sie uns gesehen, erstarrte sie. Dann füllten sich ihre Augen mit Tränen und sie schlug die Hände vor den Mund.

»Mama?«, sagte Maggie mit brüchiger Stimme. Ich sah sie nur im Augenwinkel, doch ich hatte keine Zweifel, dass auch sie weinte.

Maggies Mutter nahm die Hände aus dem Gesicht und breitete die Arme aus. Noah gab seiner kleinen Schwester einen kleinen Schubs, dann lief sie langsam die wenigen Schritte und Mutter und Tochter fielen einander weinend in die Arme.

»Es tut mir so leid, mein Schatz«, weinte Eilis. »Es tut mir so schrecklich leid.«

Maggie antwortete nichts, stattdessen wurde ihr Schluchzen immer lauter.

Neben mir zog Noah die Nase hoch. Ich drehte mich zu ihm um und beobachtete, wie sein Hermelin auf seiner Schulter Platz nahm. »Na du?«, fragte er das Tier und kraulte sein weißes Fell.

Erst nach mehreren Minuten lösten sich Maggie und ihre Mutter wieder voneinander. Doch selbst dann hielten sie einander noch die Hände. »Wo ist Dad?«, wollte Maggie wissen.

»Er ist gerade unterwegs. Ich denke, er wird bald zurück sein.«

Maggie nickte.

»Sollen wir uns nicht hinsetzen?«, schlug Noah vor.

Nun war es seine Mutter, die nickte.

Wir nahmen gemeinsam am Esstisch Platz.

Durch die riesigen Glaswände konnte ich den wunderschönen Garten sehen während Noah uns allen etwas einschenkte.

Selbst jetzt, als sie einander gegenüber am Tisch saßen, hatten die beiden Frauen ihre Hände übereinandergelegt.

»Du musst wissen, ich habe deinen Vater unzählige Male gebeten, dich zu uns zu holen, aber er sagte immer, es sei zu früh«, erklärte Eilis schließlich mit noch immer zittriger Stimme.

»Zu früh?«, fragte Maggie.

Eilis zuckte mit den Achseln. »Ich habe es selbst nicht verstanden. Aber dein Vater hat das alles hier aufgebaut. Ich habe ihm vertraut, dass er das Richtige tun würde.«

»Ich verstehe«, sagte Maggie.

»Nein«, Eilis schüttelte den Kopf. »Ich verstehe es ja selbst nicht. Ich verlange nicht von dir, dass du Verständnis für mich hast. Ich hätte darauf bestehen sollen.«

»Ich weiß, Mama. Aber ich kenne Dad. Er

kann sehr überzeugend sein.«

»Das stimmt, das ist er.«

Plötzlich begann Drax sich auf Noahs Schulter in Richtung Tür zu strecken. »Er ist da«, sagte Noah.

Allesamt sahen wir stumm in die Richtung, aus der wir seine Schritte näher kommen hörten. »Unglaublich«, hörten wir ihn im Flur. »Die Blutabgabe hatte diese Woche ein Plus von zweihundert Prozent. Und das alles von Freiwilligen. Wenn wir so weiter machen, haben wir bald mehr Blut als die Blutbänke von Vampirya. Findest du das nicht auch er-«, brach er ab, kaum dass er im Esszimmer angekommen war.

»Maggie«, sagte er stattdessen. Es war keine Frage, sondern eine Feststellung.

Maggie zog ihre Hand aus denen ihrer Mutter, schob den Stuhl zurück und stand langsam auf. Zum zweiten Mal an diesem Tag füllten sich ihre Augen mit Tränen.

Während ihr Vater wie angewurzelt da stand, ging sie langsam auf ihn zu und fiel ihm schließlich um den Hals. »Dad, ich hab dich so vermisst.«

Langsam, ganz langsam hob er die Arme und legte sie um seine Tochter. Einen an ihren Hinterkopf, mit dem anderen strich er ihr über den Rücken.

Nachdem sie einander wieder losgelassen hatten, legte Scott eine Hand an die Wange seiner Tochter. Ihre Haut hatte genau denselben hellen Ton wie seine. »Wie ist das möglich?«

Noah stand auf und ging ein paar Schritte auf seinen Vater zu. »Es tut mir leid, dass ich deine Anweisungen missachtet und Maggie zu uns geholt habe, Vater. Aber ich konnte nicht mehr mit ansehen, wie Mutter litt ...«

Angus sah von seinem Sohn zurück zu seiner Tochter. »Kind, bist du allein gekommen?«

Ich hob die Augenbrauen. Nahm ich da etwa einen speziellen Unterton in seiner Frage wahr? Sofort kam mir Rains ungutes Gefühl in den Sinn und ich musste zugeben, etwas Ähnliches hatte sich längst auch in meiner Magengegend breitgemacht.

»Ja«, log Maggie, glücklicherweise sehr viel besser als Rain.

»Gut«, antwortete er und umarmte sie dann noch einmal. Dieses Mal deutlich herzlicher als zuvor.

»Es tut mir leid, wenn ich dir Sorgen mache, Dad«, sagte sie leise.

»Nicht doch«, antwortete er. »Mir tut es leid, dass ich dich so lange im Ungewissen gelassen habe.« Er löste sich von ihr und umfasste mit den Händen ihre Oberarme. »Das war nicht richtig. So sollte sich kein Vater seiner Tochter gegenüber verhalten.«

»Dad, ich weiß doch, dass du deine Gründe hattest.«

»Trotzdem ... Kannst du mir verzeihen?«

»Aber natürlich«, sagte sie und gab ihm einen Kuss auf die Wange. »Ich hab dich sehr lieb, Daddy.«

»Wir dich auch, Kind«, sagte er.

Noah und Eilis kamen hinzu und sie alle umarmten einander. Ich kam mir nun etwas überflüssig vor und machte langsam ein paar Schritte zurück. Dann schlich ich mich aus dem Haus.

Auf dem Weg zu unserem Haus begegnete ich gelegentlich Menschen und Vampiren, die ich entweder noch nie oder nur einmal kurz gesehen hatte. Doch eine Person kannte ich tatsächlich: Simon.

Er saß auf einer der Bänke am Wegrand und begrüßte mich leise, jedoch mit einem Lächeln auf den Lippen. »Hey, Aidan.«

»Hi, Simon«, sagte ich. »Wie geht es dir? Was machst du hier?«

»Och, ganz in Ordnung. Ich sitze hier und denke nach.«

»Über was? Hast du dich schon eingelebt? Wo wohnst du?«

»Ich wohne in einer Wohngemeinschaft mit drei Mädchen, wobei eine davon ein Vampir und eine ein Halbvampir ist. Das ist schon etwas gewöhnungsbedürftig. Aber ich komme zurecht.«

»Schön, das freut mich.« Als er vom Zusammenleben mit einer Vampirin sprach, musste ich sogleich an Rain denken, und die Sehnsucht nach ihr wurde stärker. Am liebsten wäre ich einfach zu ihr gegangen und mit ihr unter die Laken gekrochen, aber irgendwie tat mir der Junge leid.

»Sag mal, möchtest du mich vielleicht begleiten? Meine Mutter kocht ganz wunderbar.«

»Dein Ernst?«, hakte er nach.

»Aber klar«, sagte ich.

* * *

Am Abend saßen wir gemeinsam an unserem riesigen Esstisch aus Stein. Mutter hatte selbst mit sehr wenigen Zutaten immer sehr lecker gekocht, aber nun, da sich ihr soviel mehr Möglichkeiten boten, war ihr Essen jeden Tag ein Traum.

»Und du hast ganz allein mit deinem Großvater gelebt?«, fragt sie unseren Gast, während sie ein paar Nudeln aus dem großen Metalltopf schöpfte, denn wir genauso in unserer Küche gefunden hatten wie unzähliges weiteres Geschirr.

»Ja, das habe ich. Der Rest meiner Familie ist leider verstorben.«

»Haben die Blutsauger sie ermordet?«, fragte Ben trocken und kippte Soße auf Ilonas Nudelhaufen.

Ich räusperte mich.

»Tschuldige«, sagte Ben daraufhin zu Rain gewandt.

»Nein, mein Vater hatte genau wie ich eine angeborene Blutarmut und einen Herzfehler. Meine Mutter folgte ihm ein paar Jahre später. Sie haben sich sehr geliebt.«

»Das verstehe ich sehr gut«, sagte Mutter.

»Und gibt es etwas, was du gerne machst?«, fragte Ilona.

»Ja, ich beschäftige mich wahnsinnig gerne mit Computertechnik. Ich habe auch bereits bei Dr. Scott angefragt, ob ich bei der Programmierung von Eden helfen kann.«

»Das hört sich toll an«, sagte Mutter.

»Wie kommt's, dass du dich damit auskennst?«, fragte Ben.

»Mein Großvater hat früher als IT-Fachmann gearbeitet. Eigentlich hätten wir genug Geld für die Umwandlung gehabt, aber Großmutter war dagegen, obwohl sie dadurch geheilt worden wären. Ich konnte aufgrund meiner Erkrankung weder Blut spenden noch arbeiten und habe mich dadurch sehr nutzlos gefühlt. Doch Großvater lehrte mich seit meinem siebten Lebensjahr, soviel er konnte,.«

»Nur hat dir das Wissen wahrscheinlich bisher recht wenig genützt, oder?«, fragte Ben.

»Ben!«, mahnte Mutter.

»Was?«, fragte er.

»Das stimmt«, antwortete Simon erstaunlich unbeirrt. »Aber jetzt wird es mir hoffentlich bald nützlich sein.«

»Ganz bestimmt«, sagte Mutter.

»Ihr Essen schmeckt übrigens ausgezeichnet«, lobte Simon daraufhin.

»Vielen Dank. Und du kannst mich gern Rose nennen.«

Nach dem Essen verabschiedeten wir uns von Simon. Dank der leuchtenden Bäume hatte ich keine Bedenken, ihn im Dunkeln nach Hause gehen zu lassen, zumal er keine Angst haben brauchte, von Vampiren verschleppt zu werden.

»Der Junge scheint dich sehr zu mögen«, sagte Rain, als wir später in der Nacht gemeinsam in meinem neuen Doppelbett lagen. Einander zugewandt auf der Seite liegend und nackt wie Gott – oder wer auch immer – uns geschaffen hatte.

Ich strich ihr sanft über ihre helle Haut. »Mag sein. Aber ich habe nur Augen für dich.«

Rain lachte. »Das ist schön.«

»Schön? Nur schön?«

»Wundervoll«, sagte sie grinsend und küsste mich.

Ich stützte mich auf und beugte mich über sie. »Ich liebe dich, Rain.«

Sie sah mich stumm an.

»Was ist?«, fragte ich verwundert und auch mit einem leichten Anflug von Sorge.

»Nichts, nur ... Es ist das erste Mal, dass du das zu mir gesagt hast.«

»Ich weiß und ich habe es so oft bereut.«

»Hast du etwa Angst, dass du bald wieder in diese Situation kommst?«

»Nein, wir bleiben ab jetzt einfach zusammen.«

»Das wäre so schön«, flüsterte sie.

»Wäre?«, fragte ich.

»Ich habe Angst.«

»Angst? Wegen des unguten Gefühls?«

»Nein«, sie schüttelte den hübschen Kopf. »Angst, dass wir nun einfach die Rollen getauscht haben und letztlich zum selben Ende kommen wie beim letzten Mal.«

»Wie meinst du das?«, wollte ich wissen.

»Vor zwei Jahren waren wir bei mir Zuhause

und ich habe dich versteckt. Jetzt sind wir in deinem Zuhause und du versteckst mich.«

»Aber es ist doch nur für eine Weile«, sagte ich.

»Das habe ich dir letztes Mal auch gesagt.«

»Ich weiß, ich erinnere mich sehr gut an alles, was du gesagt und getan hast. Auch daran, wie du mich zu Anfang in diese Kammer eingesperrt hast.«

»Das war notwendig.« Sie lachte leicht beim Sprechen.

»Und das hier ist jetzt auch notwendig.«

»Warum?«, fragte sie leise.

»Erinnerst du dich an dein ungutes Gefühl? Ich denke, es hat etwas mit Doktor Scott zu tun.«

»Aber Maggie und ihr Vater haben mir damals in Vampirya immer sehr geholfen. Warum sollte er mir was Böses wollen?«

»Ich weiß es nicht. Ich kann es dir leider nicht erklären«, antwortete ich.

Sie sah mich kurz an, dann wandte sie den Blick ab.

»Rain?«, fragte ich besorgt.

Sie sah mich nicht an.

»Rain«, wiederholte ich sanft.

Diesmal wandte sie mir den Blick zu.

»Versprich mir, dass du nichts Dummes tust.«

Sie sah abermals weg.

»Rain!«, mein Tonfall wurde etwas ungehaltener.

»Schon gut«, sagte sie missmutig.

»Versprich es mir. Bitte.«

»Ich versprech's«, sagte sie daraufhin, ohne mir dabei in die Augen zu sehen.

»Rain, sieh mich an«, bat ich.

Sie wandte sich mir wieder zu und sah dabei traurig aus.

»Alles wird gut. Ich verspreche es.«

Ein kleines Lächeln erschien auf ihrem Gesicht und sie gab mir einen zärtlichen Kuss. »Danke, Aidan.«

Zusammen

Am Morgen war ich bereits früh auf den Beinen, um Besorgungen zu machen. Die Wintersonne schien heute derart kräftig, dass sie die weiße Schneedecke bis auf einige dickere Stellen weitestgehend wegschmolz.

Durch die neuen Cremes und Kleidungsstücke, die der Doc erfunden hatte, hätte Rain zwar – wie auch andere Vampire, die ich hier und da herumlaufen sah – das Haus problemlos verlassen können. Dennoch zog sie es vor, Zuhause zu bleiben. Ich nahm an, dass sie sich erst noch an die neue Situation gewöhnen musste, und hatte nicht versucht sie zu überreden, zumal ich es ohnehin besser fand, wenn sie erstmal versteckt blieb. Ich ging nicht davon aus, den Doc hier draußen anzutreffen, denn das hatte ich in meiner ganzen Zeit hier bisher kein einziges Mal getan. Doch sicherer war sie definitiv Zuhause.

Der Marktplatz von Eden befand sich zentral auf einer leeren geteerten Fläche. Ringsherum standen kleine Läden, in denen man sich die Haare schneiden lassen oder eine Massage bekommen konnte. In einem etwas größeren Gebäude gab es sogar Sportgeräte, wie ich sie zuletzt, etwas altmodischer, in den Trainingsräumen der Rebellen gesehen hatte.

Generell spiegelte der Marktplatz diese seltsame Mischung aus Technik und Mittelalter überall in Eden wider. Während man am Marktstand Karotten und Äpfel in Körben davon trug, leuchtete am Handgelenk die topmoderne Uhr mit der Sonne um die Wette.

Ich ging zu einem Stand etwas weiter hinten auf dem Platz. Hier standen nur wenige Kunden und wer es tat, lugte unsicher umher. Niemand schien so richtig gern hier zu stehen und doch mussten sie es. Es war der Stand mit Kunstblut. Genau wie unten in Vampirya und im Kühlschrank der Scotts gab es die schwarzen, undurchsichtigen Flaschen.

»Eine Ration, bitte«, sagte ich zu dem Mann hinter dem Stand, als ich dran war. Er sah ziemlich muskulös aus, hatte keine Haare auf dem Kopf und trug ein kurzärmeliges Shirt.

»Für?«, fragte er.

»Weiblich, einsdreiundsechzig«, antwortete ich.

Jede Karotte, jeden Sack Reis, jedes Kilo Fleisch konnte man hier einfach so einpacken und mitnehmen, ohne danach gefragt zu werden, ob man es wirklich brauchte. Blut jedoch, Blut war die Ausnahme. Hier wurde penibel darauf geachtet, dass jeder Vampir auch wirklich nur die für ihn benötigte Menge zu sich nahm und das, obwohl in den Flaschen gar kein richtiges Blut war, sondern nur der Ersatz dafür. Dennoch, ich verstand es. Es war ein kostbares Gut, das die Menschen hier freiwillig spendeten. Nicht so wie wir früher. *Früher*, dass ich das schon so nennen konnte, ließ mich innerlich ein klein wenig lächeln.

»Hier, bitteschön«, sagte der Mann und reichte mir sechs Anderthalbliter-Flaschen.

»Danke«, sagte ich und drehte mich zum Gehen um, als ich mit jemandem zusammenstieß.

»Hey«, empörte sich eine mir bekannte Frauenstimme. Evelyn.

»Hallo Eve«, sagte ich.

Sie sah zuerst die Flaschen an, dann mich. »Was willst du denn damit?«

»Sind für einen Freund«, log ich. Sicherheitshalber sah ich im Augenwinkel noch einmal zu dem glatzköpfigen Typ. Er zwinkerte mir zu und kümmerte sich dann um den nächsten Kunden. Wahrscheinlich dachte er, ich betrüge Evelyn mit einer Vampirdame und irgendwie kam ich mir auch so vor, dabei waren wir schon lange nicht mehr zusammen.

»Ich habe Rose vor einer Weile hier getroffen, aber sie meinte, sie wisse nicht, ob sie mich zu euch einladen kann.«

»Hat sie das?«, fragte ich um der Frage wegen.

»Ja, und wie sieht's aus?«

»Wie sieht was aus?«

»Na, wann lädst du mich zu euch ein?«

Jetzt sah ich wahrscheinlich ziemlich überfahren aus. »Ich wüsste nicht, warum ich das tun sollte, Eve. Wir sind seit Jahren getrennt.«

»Aber wir verstehen uns doch gut«, sagte sie etwas verzweifelt.

»Trotzdem gibt es manche Dinge, die ich gern hinter mir lassen würde.«

»Ach, und ich bin eines dieser Dinge?« Sie

stemmte die Hände in die Hüften.

»Wir haben uns damals ja nicht grundlos getrennt.«

»Korrekt«, sagte sie und erstaunte mich damit. Allerdings nur kurz. »Wir haben uns getrennt, weil du der Meinung warst, ich sei nicht *die Richtige*. Ich sei zu eifersüchtig, zu aufbrausend, zu egoistisch und zu zickig.«

»Hab ich das so gesagt?«

»Nein, aber so gut wie.«

»Na dann.« Ich versuchte, mein Gewicht zu verlagern. So langsam wurden die Flaschen nämlich ziemlich schwer.

»Aber ich habe mich geändert, Aidan.«

»Das ist toll, Eve. Du findest bestimmt jemanden, der das zu schätzen weiß und dein neues Ich wirklich liebt.«

»Aber?«

»Aber ich werde es nicht sein. Tut mir leid, Eve.«

Ihre Unterlippe begann zu zittern.

»Aidan! Hey, Aidan!«, hörte ich plötzlich Noah rufen. Nach kurzem Suchen sah ich ihn auch schon, eine Hand nach oben gereckt, zwischen den Menschen auf mich zu kommen. Meine Rettung mit rotem Pferdeschwanz und grünem Schal.

Er legte seine Hand auf meine Schulter und atmete tief durch. »Gut, dass ich dich hier finde. Ich möchte dir gern etwas zeigen.«

»Klar, gerne«, antwortete ich.

Jetzt erst schien er Evelyn zu bemerken. »Oh, hi!«, begrüßte er sie. »Wir kennen uns doch vom Windrad, richtig?«

»Ja«, antwortete sie leise.

»Schön, dich mal wieder zu sehen. Hast du dich gut eingelebt?« Normalerweise war er definitiv feinfühliger, daher nahm ich an, dass sein Verhalten Absicht war.

»Ja, danke.«

»Das freut mich«, antwortete er und wand sich dann wieder mir zu. »Wollen wir dann?«

»Mach's gut, Eve.«

»Danke«, sagte ich zu Noah, kaum das meine Ex außer Hörweite war.

»Nichts zu danken«, antwortete er.

Er führte mich zu jener großen Halle, in der ich meine erste Nacht in Eden verbracht hatte. Ich folgte ihm durch die Gänge zwischen den Betten. Auf dem einen oder anderen lagen Rucksäcke und Taschen. Sie hatten also wieder Zuwachs in Eden bekommen. Doch das schien es nicht zu sein, was Noah mir zeigen wollte. Wir erreichten den Bereich, in dem die Erstuntersuchungen gemacht wurden. Am Tresen stand die Vampirin, die die Chips auslas.

»Warte bitte kurz hier«, sagte Noah und ging in jenes Zimmer, in dem ich damals Simon hatte sitzen sehen.

»Klar«, gab ich zurück und sah ihm dabei zu, wie er die Tür hinter sich zuzog.

Während ich wartete, begann ich unwillkürlich einem Gespräch hinter mir zu lauschen.

»Hey man, ich will doch nur wieder zurück.

Was ist so schwer daran zu verstehen, dass nicht jeder auf dieses Leben hier abfährt?«

»Entschuldige, wie war dein Name?«, fragte die Vampirin.

Ich drehte mich herum.

»Taki Itō«, antwortete ein mir unbekannter Mann. Er war etwas kleiner als ich, hatte schwarzes Haar und schien ziemlich durchtrainiert.

»Taki Itō, wir haben selbstverständlich ein Backup deiner Daten angelegt. Trotzdem gibt es noch ein paar Formalitäten zu klären, bevor wir dich gehen lassen können.«

»Formalitäten?«, antwortete er, nun schon sehr viel säuerlicher. »Als ich hierher gebracht wurde, gab es keine Formalitäten und jetzt schon? Ich dachte, ich wäre in Eden und nicht in Vampirya?!«

»Bitte hab doch Verständnis, dass–«

»Hey«, Noahs Stimme riss mich aus dem Gespräch. »Können wir?«, fragte er.

»Klar«, antwortete ich.

Wir wollten gerade gemeinsam den Raum betreten, als besagter Taki Itō rief:

»Er hier, er kennt mich! Er war einer von denen, die uns her gebracht haben!« Er zeigte dabei auf Noah.

Noah schürzte die Lippen und ging dann zu den beiden hinüber. »Was gibt es für ein Problem?«

»Noah, er möchte, dass ich ein Backup seiner Daten aufspiele, damit er Eden verlassen kann.«

Noah sah auf das Datapad, dann wandte er sich Taki zu. »Darf ich den Grund erfahren?«

»Ich kann hier einfach nicht bleiben. Ich bin schon viel zu lange hier.«

»Wie lange ist *zu lange*?«, fragte Noah.

»Eine Woche. Ich hatte gehofft, meinen kleinen Bruder zu finden, aber er ist nicht hier, also muss ich weitersuchen. Und das kann ich nicht, wenn ich hier festsitze. Außerdem gibt es gar kein Backup meiner Daten, weil ich nie von den Blutsaugern gechippt wurde.«

»Das ist selten«, sagte Noah beeindruckt.

»Offensichtlich nicht selten genug, sonst hätte sie sich wohl daran erinnert«, konterte Taki mit einem Seitenhieb auf die Vampirin. Diese schnaubte etwas beleidigt.

»Sophia ist ein Vampir, keine Maschine. Die Verwandlung sorgt nicht für ein größeres Gehirn.«

»Das ist mir auch schon aufgefallen«, schnaubte Taki. »Wie dem auch sei. Als ich hierher eingeladen wurde, hat man mir versichert, dass ich kein Gefangener sei.«

»Und so ist es auch.« Noah führte nachdenklich seine linke Hand zum Kinn. »Hör zu, wir machen es so. Wir treffen uns in einer halben Stunde am Hubschrauberlandeplatz.«

Taki nickte erst Noah zu, dann mir und zu guter Letzt sogar der Vampirin. Dann drehte er sich um und ging.

Kaum hatte er das Gebäude verlassen, spürte ich Noahs Hand auf meiner Schulter. »Und jetzt zu jemandem, den ich dir vorstellen wollte.«

Gemeinsam betraten wir das kleine Besprechungszimmer. Hier drin waren neben einem

Schreibtisch, der fast den ganzen Raum einnahm, nur noch drei Stühle und ein kleiner Schrank. Auf der einen Seite des Tisches saß ein junger Mann mit dunkelblondem, kurzen Haar und kantigen Gesichtszügen. Er trug eine weiße Hose und ein hellblaues Shirt. Ihm gegenüber saß ein Junge von vielleicht siebzehn Jahren mit schwarzem, zerzaustem Haar und dunklen Klamotten. Er hatte das rechte Bein seiner Jeans hochgekrempelt.

»Aidan, das ist Robin. Genau wie du wurde er bei einem Vampirangriff verletzt. Aber Doktor Martin hier hat ihm eine Vollprothese verpasst.«

Der Arzt stand auf und reichte mir die Hand. »Joshua Martin, ich bin leitender Arzt von Eden.« Während wir einander die Hände schüttelten, konnte ich in seinen Augen sehen: Auch er war ein Vampir.

»Martin ist ein Kollege meines Vaters«, sagte Noah.

»Das hatte ich mir schon fast gedacht«, antwortete ich, während ich noch einen kurzen Blick über Robins Bein schweifen ließ. »Und was ist das, eine *Vollprothese*?«

»Eine Prothese die Gliedmaßen komplett ersetzt. Man kann sich mit ihr uneingeschränkt bewegen und sogar fühlen. Und nicht nur das. Sie sieht auch täuschend echt aus, weil wir sie mit natürlicher Haut überziehen. Die Entwicklung einer solchen Prothese dauert allerdings ihre Zeit. Wir wollen durch die Verwendung eigener Zellen verhindern, dass sie vom Körper als Fremdkörper abgestoßen wird.«

»Seit wann bist du denn hier, Robin?«, fragte ich den Jungen.

»Seit einem Jahr«, antwortete er leise.

»Wir hatten ihn zufällig im Wald entdeckt, wo er sich in einer Hütte versteckt hielt«, sagte Noah. »Hat noch mehr Überredungskünste gebraucht als bei dir, ihn dazu zu bringen, uns zu begleiten.«

»Und jetzt hast du ihn sogar dazu überredet sich ein künstliches Körperteil von euch verpassen zu lassen. Respekt, Noah.« Mein Unterton klang spöttischer als beabsichtigt, denn eigentlich wusste ich ja, dass er es nur gut meinte.

»Im Gegensatz zu dir hatte er zuvor keinen silbernen Ersatz, mit dem er wahlweise auch Vampire hätte kalt machen können«, konterte Noah. »Wenn dem so gewesen wäre, wäre es bestimmt schwieriger gewesen.«

Robin schnaubte. »Auf jeden Fall. Ich hasse Vampire. Sie haben meine Freundin auf dem Gewissen.«

»Und meinen Vater«, sagte ich.

Robin sah verständnisvoll zu mir hinauf.

Von Rechts hörte ich, wie der Arzt sich räusperte.

»Sie sind natürlich eine Ausnahme, Doktor«, sagte Robin freundlich.

»Danke, das bedeutet mir wirklich viel.«

»Wir machen alle unsere Ausnahmen, nicht wahr?«, fragte Noah und pikste mir mit seinem Ellbogen in die Seite.

»So ist es und ich muss jetzt zurück zu meiner *Ausnahme*, bevor unser *Essen* schlecht wird.«

»Es sei dir gestattet«, witzelte Noah. »Aber versprich mir, dass du über die Prothese nachdenkst.«

»Ja, Noah, das hab ich dir aber schon beim ersten Mal.« Ich zwinkerte ihm zu, dann verließ ich zuerst den Raum und dann das Gebäude.

Inzwischen war es fast Mittag und Mutter wartete bestimmt schon ungeduldig auf das Gemüse. Ich nahm an, dass Rain nicht ganz so ungeduldig war, was das Blut anging, aber es war nun mal ein notwendiges Übel.

* * *

»Ich bin Zuhause!«, rief ich in den Hausflur, als ich das Haus betrat. Wie immer wurde ich als erstes von Hugo begrüßt, der bellend und schwanzwedelnd an meinen Schuhen roch. Als Nächstes kam dann meine kleine Schwester, um ihn wieder einzusammeln, und danach meine Mutter.

»Und hast du alles besorgen können?«, fragte sie, während sie mir die Einkäufe abnahm.

»Hat man hier jemals etwas nicht bekommen?«, fragte ich.

Mutter lachte zur Antwort.

Ich stellte die pechschwarzen Flaschen in den Kühlschrank.

»Hast du Hugo und mir was mitgebracht?«, fragte Cally.

»Nein, Sonnenschein. Die sind für Rain.«

»Oh, na hoffentlich kommt sie bald zurück, damit du es ihr zeigen kannst«, plapperte sie.

»Zurück?«, fragte ich verwundert. Was meinte sie damit?

»Sie hat heute Morgen kurz nach dir das Haus verlassen«, sagte Mutter. »Wir nahmen an, dass ihr euch treffen wolltet, aber dem war wohl nicht so.«

Mein Herz begann zu rasen. Ich ahnte Schlimmes.

»Sie hat nicht erwähnt, wo sie hinwollte?«

Mutter und Cally schüttelten beide den Kopf.

»Scheiße«, zischte ich, dann sprang ich förmlich über den Küchentisch, riss die Haustür auf und sprintete los, ohne mich von meiner Familie zu verabschieden oder mich zu erklären. Das hatte später noch Zeit.

Ich überlegte gar nicht erst lange, wo ich sie suchen sollte. In meinem Inneren wusste ich es schon. Ich wusste genau, wo sie hingegangen war.

So schnell mich meine Beine trugen, rannte ich zum Anwesen der Scotts. Ein Teil von mir hoffte, ihr noch auf dem Weg zu begegnen. Der andere Teil wusste, wie gering die Chance war, sie aufhalten zu können. Wenn sie das Haus kurz nach mir verlassen hatte, war bereits zu viel Zeit vergangen. Selbst wenn sie nicht wusste, wo das Haus war, in dieser Zeit hätte sie zwanzig Mal nach dem Weg fragen können.

Ich erreichte Scotts Anwesen und in dem Moment, als ich gegen die Tür schlagen wollte, öffnete diese sich. Doch das tat sie keinesfalls elektronisch. *Er* hatte sie aufgezogen. Angus.

»Komm nur rein, Aidan. Ich habe dich bereits erwartet«, sagte er mit ruhiger Stimme.

Ich ging in die Küche und er folgte mir. Auf dem Tisch standen zwei Gläser, an deren Ränder ich etwas Rotes schimmern sah.

Mitten im Raum blieb ich stehen. »Wo ist sie?«, fragte ich, ohne mich umzudrehen, und ballte die Hände zu Fäusten, so dass sich die Fingernägel meiner linken Hand ins Fleisch gruben.

»Setz dich doch«, sagte der Doc.

Ich drehte mich ruckartig um. »Ich will wissen, wo sie ist!«, verlangte ich nun mit lauter Stimme.

»Alles zu seiner Zeit, nicht wahr?«, antwortete er und deutete mit der Hand in Richtung der Stühle.

Widerwillig setze ich mich hin.

Er nahm die beiden Gläser vom Tisch und stellte sie in die Spüle. Ich nahm an, dass er den Abwasch sonst seiner Frau oder der Putzfrau überließ, und fragte mich, wo Maggie und ihre Mutter waren. Maggie hätte bestimmt nicht zugelassen, dass er ihrer Freundin etwas antat.

»Auch Maggies Rückkehr zu uns hätte ihre Zeit gehabt. Doch du hast entschieden, das zu ändern.«

Ich sah ihn stumm an.

Er ließ sich davon nicht beirren und fuhr fort. »Einen Moment lang dachte ich wirklich, du hättest es ihretwegen getan. Weil es dir leidtat, dass eine Tochter ohne ihre Familie leben musste, obwohl wir doch gar nicht so fern waren. Aber so selbstlos warst du nicht.«

Ich wusste nicht, was ich dazu sagen sollte, also schwieg ich. Er lehnte sich mit dem Rücken gegen die Küchenzeile und verschränkte die Arme vor der Brust.

»Doch dann fiel mir wieder der Umhang ein, den du bei dir trugst. Warum hättest du einen solchen haben sollen, wenn Maggie doch nie hier oben gewesen ist? Ich kenne meine Tochter gut genug, um zu wissen, dass sie nicht wieder nach

Hause gehen würde, hätte sie einmal einen Fuß in die Oberwelt gesetzt. Und es gab im Grunde nur eine Person, der Maggie so nahe stand, dass sie dieser meinen Umhang und sogar mein Notizbuch anvertrauen würde. Die einzige Person, die naiv genug war, einfach in die Oberwelt zu gehen.«

»Naiv?«, fragte ich.

Er nickte. »Ja. Und unwissend.«

»Reden Sie von Rain?«

Er ging auf mich zu und kramte dabei etwas aus der Innentasche seiner Jacke. Es war ein mehrfach zusammengefaltetes Blatt Papier. »Rain, Nummer 666 oder auch«, sagte er und legte das Blatt vor mir auf den Tisch. »Projekt Eden.«

Die Worte, die er aussprach, standen ebenso auf dem Blatt. Ganz oben. In Druckbuchstaben. Darunter standen Sachen, die ich nicht verstand: Tabellen, Zahlen, Daten, Arzt-Jargon und Fotos von erstaunlich schlechter Qualität. Darauf zu sehen waren zumeist Großaufnahmen menschlicher Körperteile. Auf einem meinte ich aber auch eine Art Fötus zu sehen – in einem Glas. Der Anblick ließ mich frösteln.

»Projekt Eden? Aber ich dachte, dieser Ort hier heißt Eden?«

»Das tut er.«

»Warum erzählen Sie mir das alles?«, fragte ich verwirrt.

»Weil ich möchte, dass du meine Beweggründe verstehst, bevor du mich verurteilst.«

»Ich habe Sie längst verurteilt«, gab ich zu.

»Und dazu hast du aus deiner Sicht jeglichen Grund.« Er nahm mir gegenüber Platz. »Als junger Student hatte ich einen Traum. Einen Traum von einer besseren Welt. Einer Welt ohne Kriege, ohne Krankheiten, ohne Tod. Ich studierte Chemie, Medizin und Technik und absolvierte jeden Studiengang mit Bravour. Nur ein einziger Student schnitt genau so gut ab wie ich. Sein Name war Thomas Brown.« Gedankenverloren blickte er zur Decke und fuhr dann fort: »Wir sahen uns jedoch nicht als Konkurrenten. Im Gegenteil, wir freundeten uns rasch an, da wir die gleichen Ideale hatten. Wir wollten etwas Gutes tun.«

Diesmal sah er mich an, als ob er um mein Verständnis bitten würde. Doch ich reagierte nicht. Ich verstand nicht, worauf er eigentlich hinauswollte. Was diese ganze Geschichte mit Rain zu tun hatte.

»In Oxford waren wir bald bekannt als *die zwei T's* – Timothy und Thomas. Viele Jahre lang philosophierten wir von unserem Traum. Doch so hoch unsere Stipendien auch ausfielen, für diese bessere Welt reichten sie bei weitem nicht. Es war ein Tropfen auf den heißen Stein. Allerdings«, fuhr er nun mit erhobener Stimme fort, »gelang es uns, Medikamente zu entwickeln, bis wir schließlich den Durchbruch mit einem Mittel hatten, das Wunden binnen weniger Stunden zu heilen vermochte und die Probanden zudem immun gegen Krankheiten machte. Selbst den Alterungsprozess vermochte es zu stoppen. Damit konnten wir schließlich einen wohlhabenden Investor überzeugen.« Wieder dieser Blick zur Decke. War das Sehnsucht? Oder Scham? »Er hatte nur zwei Bedingungen: Er wollte das Mittel selbst injiziert bekommen und gab uns die strickte Anweisung, ein Gegenmittel zu entwickeln.«

Ich stand ruckartig auf. »Wollen Sie damit sagen, es gibt ein Gegenmittel für den Vampirismus?!«

Er deutete mir mit der Hand an, dass ich mich wieder setzen sollte. »Langsam, du weißt doch: alles zu seiner Zeit.«

Ungeduldig setzte ich mich wieder hin.

Scott fuhr fort: »Wir versprachen ihm beides und begannen parallel mit den Plänen für unsere neue Welt. Unser Investor war einer unserer ersten menschlichen Probanten. Wie du dir vielleicht denken kannst, hat er es nicht geschafft. Aber er hatte uns zuvor sein Vermögen überschrieben. Und obwohl wir nun nicht mehr an seine zweite Bedingung gebunden waren, zwang uns unser Ehrgeiz dazu, das Gegenmittel zu entwickeln, und es sollte etwas *ganz Besonderes* werden. Etwas, das man nicht leicht finden und so auch nicht entwenden oder missbrauchen konnte. Wir beschlossen das Gegenmittel an ein Lebewesen zu knüpfen und nannten dieses Projekt *Eden.*«

Mir klappte der Mund auf. Wollte er etwa damit sagen, dass das Gegenmittel *in* ihr war?

»Wir fanden heraus, dass Blut vom Typ Rhesus Null in Verbindung mit einem speziellen Wirkstoff die Verwandlung wieder rückgängig machen kann.«

»Rhesus Null?«, fragte ich. Ich hatte in den Blutabgabezentren unzählige Liter Blut fließen sehen, sowohl meines als auch das anderer Menschen. Aber von Blutgruppen hatte ich keine Ahnung.

»Die seltenste Blutgruppe der Welt. Deswegen nennt man Blut dieses Typs auch *das goldene Blut*. Rain ist weltweit die einzige Person mit dieser Blutgruppe. Vor ein paar Jahrzehnten gab es noch etwa dreißig Menschen. Aber da die meisten sich haben umwandeln lassen, schwand diese Zahl sehr schnell.«

Ich hob aufmerksam den Kopf. »Moment, wollen Sie damit sagen, dass das Blut verwandelter Rhesus Null-Träger keine Wirkung hat? Aber-«

Er unterbrach mich. »Sie ist nicht das, für das du sie hältst, Aidan.«

»Aber-«, stotterte ich leicht. »Das Sonnenlicht, das Silber, der Blutdurst.«

»Künstlich geschaffene Nebenwirkungen, um sie in der Masse untergehen zu lassen.«

»Ist sie etwa ein Mensch?« Mein Herz pochte mir längst bis zum Hals.

»Sie ist eine künstlich geschaffene Lebensform, die jedoch einem Menschen bisweilen näher ist, ja.«

»Wenn sie so selten und wertvoll ist, warum saß sie dann allein in dieser Bäckerei?«

Seine Lippen verzogen sich zu einem Lächeln. »Versteckst du einen Diamanten in einem Stein, wird jeder daran vorbei gehen und ihn achtlos liegen lassen. Steckst du ihn in einen bewachten Glaskasten, werden sie jedoch versuchen, ihn zu stehlen.«

»Und Sie und Ihre Tochter haben ihr die Bäckerei gegeben und auf sie aufgepasst, damit sie auch ja nicht auf die Idee kommt Dinge zu hinterfragen oder Vampirya zu verlassen«, sagte ich.

»Nicht ganz, die Bäckerei bekam sie von Brown, dessen Sohn Luca ebenfalls auf sie aufgepasst hat.«

Ich begriff langsam. Das Mädchen, in dessen Leben ich sprichwörtlich gestolpert war, war keinesfalls nur eine von vielen. Ja, für mich war sie das nie gewesen. Aber auch für andere war sie offenbar weit davon entfernt. Es war, wie der junge Vampir im Humanodrom gesagt hatte: Sie war wichtig für diese Welt. Sie war etwas das es um jeden Preis zu beschützen galt.

»Wo ist sie?«, fragte ich ein weiteres Mal.

Scott begann wieder auf und ab zu laufen. »Weißt du, es sieht jetzt vielleicht so aus, als hätte ich nur Zeit schinden wollen, aber es war mir wirklich ein Anliegen, dass du meine Beweggründe verstehst.«

»Wo ist sie?!«, wiederholte ich.

»Längst außerhalb deiner Reichweite, Aidan«, antwortete er.

Wütend stand ich auf. »Und sie wollen ernsthaft einer von den Guten sein?«

»Ich *bin* einer von den Guten«, sagte er voller Inbrunst. »Ich habe Eden erschaffen, um Menschen und Vampiren eine Zukunft zu geben. Doch wenn sie hier bleibt, gefährdet sie diese Zukunft. Es mag sein, dass sie Rain unter den Bürgern von Vampirya versteckt haben, doch das bedeutet nicht, dass sie nicht unter Beobachtung steht. Ich kann das Leben einer jungen Frau nicht gegen das von ganz Eden aufwiegen, Aidan, so leid es mir tut.«

»Sie nicht. Ich schon«, sagte ich entschlossen, dann verließ ich das Haus, ohne mich noch einmal umzudrehen.

So schnell ich konnte, rannte ich zum Hubschrauberlandeplatz. Ich durfte keine Zeit verlieren.

Doch als ich dort ankam, war der Helikopter

nicht da. Dann erinnerte ich mich. Taki. Noah. Taki. Er hatte versprochen, ihn aus Eden wegzubringen. Meine Beine knickten unter mir weg und ich ging auf dem leeren Platz in die Knie.

Was sollte ich jetzt nur tun? Ich kannte keinen anderen Weg, diesen Ort zu verlassen. Ich saß hier fest, unfähig die Frau zu retten, die ich liebte. Es war meine Schuld, dass sie jetzt womöglich in Schwierigkeiten war. Hätte ich sie in Vampirya gelassen, wäre sie jetzt sicherlich besser dran.

Ich starrte auf den Asphalt vor mir und spürte, wie mir die Tränen kamen. Ich war eigentlich niemand, der dazu neigte zu weinen, doch für sie tat ich es binnen kurzer Zeit bereits zum zweiten Mal.

»Hey, alles in Ordnung?«, hörte ich plötzlich jemanden hinter mir.

Ich drehte mich um und sah in Simons besorgtes Gesicht.

»Verfolgst du mich etwa?«, fragte ich und wischte die Tränen mit dem Ärmel meines linken Arms weg.

»Du siehst aus, als könntest du Hilfe gebrauchen«, antwortete er.

Da war durchaus was Wahres dran. »Kennst du einen Weg hier raus?«

Wie ich es schon befürchtet hatte, schüttelte Simon den Kopf.

Ich sank ein Stück mehr in mich zusammen. Dann fiel mein Blick auf die Uhr an meinem Handgelenk. Mit dem Zeigefinger der Linken tippte ich auf den Bildschirm, dann sagte ich »Noah anrufen«. Das Wahlsymbol erschien, wurde dann jedoch durch ein rotes Kreuz und den Hinweis »Nicht erreichbar. Bitte später versuchen« ersetzt. *Später.* Später war definitiv zu spät. Ich knurrte frustriert. Ein Teil von mir verfluchte diesen Taki dafür, dass er ausgerechnet heute hatte gehen wollen, ein anderer konnte es ihm nicht verübeln.

Okay, was jetzt?, dachte ich. Tatenlos hier rumsitzen wollte ich ganz sicher nicht.

Seufzend erhob ich mich, wischte etwas Dreck

von meinen Knien und marschierte zurück Richtung Tal.

»Wo gehst du hin?«, fragte Simon verwundert.

»Nach Hause und das solltest du auch tun«, rief ich, ohne mich dabei umzudrehen.

Es hätte mich nicht gewundert, wenn Scott mir irgendwen auf den Hals gehetzt hätte, um mich aufzuhalten, doch niemand wollte etwas von mir. Auch Zuhause wurde ich nur von meiner Familie erwartet, die sich ziemliche Sorgen gemacht hatte. Ich erklärte ihnen die Situation in aller Kürze, dann kramte ich Dads alte Pistolen aus einer meiner noch immer unausgepackten Tasche.

»Soll ich dich begleiten?«, fragte Ben, während ich sie mit Silber lud.

»Und riskieren, dass dein Sohn Halbwaise wird, noch bevor er geboren ist? Nein, Ben, du bleibst schön hier.«

»Aidan-«, setzte er an, doch ich unterbrach ihn.

»Ich weiß nicht, was mit uns passieren wird,

wenn ich das tue. Vielleicht riskiere ich tatsächlich alles. Vielleicht riskiere ich eure Sicherheit.«

»Dass du intelligent bist, habe ich nie gesagt«, antwortete mein kleiner Bruder mit ernster Stimme.

»Danke«, gab ich zurück. Doch seine nächsten Worte verblüfften mich.

»Aber ich verstehe dich.«

»Du tust was?«, fragte ich perplex.

»Ich würde für Ilona das Gleiche tun.«

Mit einem Mal begann Hugo laut zu bellen. Ben und ich erstarrten, dann klingelte es an der Tür. Wir sahen einander an, Ben nickte. Mit der geladenen Waffe ging ich zur Tür und warf einen Blick durch den Spion. Draußen standen doch tatsächlich die Scott-Geschwister. Beide trugen sie ihr rotes Haar zu Pferdeschwänzen gebunden und sahen sich so noch ähnlicher.

Ich ließ sie schnell rein und schloss hinter ihnen die Tür ab.

Als ich mich zu ihnen umdrehte, starrte Maggie auf die Waffe in meiner Linken.

»Du weißt schon, dass ihr umgezogen seid und du nicht mehr mit einer Waffe im Anschlag die Tür öffnen musst?«, kommentierte Noah.

»Aktuell weiß ich leider gar nichts mehr«, sagte ich.

Unter Noahs grünem Schal sah ich ein kleines Hermelinnäschen zucken.

»Warum seid ihr hier?«, fragte ich die beiden.

»Vater hat uns erzählt, was passiert ist«, antwortete Noah.

»So hat er?« Ich drehte mich von ihm zu seiner Schwester. »Wusstest du es?«

Sie schüttelte den Kopf. »Hätte ich es gewusst, hätte ich sie niemals dazu überredet mit hierher zu kommen.«

»Überredet?«

»Sie schien geahnt zu haben, dass etwas passieren würde.«

Ich nickte mit gesenktem Kopf. Das hatte sie mir ja auch erzählt. »Was denkst du, hat er mit ihr gemacht?«

»Er wird dafür gesorgt haben, dass man sie zurück nach Vampirya bringt. Er kann nicht riskieren, dass Eden ihretwegen auffliegt«, sagte Maggie.

Ich knirschte mit den Zähnen. Wahrscheinlich hatte Maggie Recht.

»Was hast du jetzt vor?«, fragte Noah.

»Ich muss wieder nach Vampirya.«

Er sah mich durchdringend an. »Ist dir Eden vollkommen gleichgültig?«

Ich schüttelte den Kopf. »Natürlich nicht. Aber siehst du das nicht? Sie ist der Schlüssel. Mit ihr könnte Eden zu einem wahren Ort des Friedens werden. Einem, in dem Vampire, die ihre Entscheidung bereuen, wieder eine Wahl haben.«

»Wenn sie der Schlüssel wäre, hätte Vater sie nicht zurückgeschickt«, erwiderte er.

Ich verschränkte die Arme vor der Brust. »Ich sag es nur ungern, Noah, aber euer Vater ist feige. Ja, dieser Ort ist wunderschön, aber er ist genauso ein Gefängnis wie Vampirya. Die einen sind unter der Erde gefangen, die anderen im Tal zwischen den Bergen. Ja, Menschen haben hier wieder Namen, nachdem wir vorher nur Nummern waren. Man wird auch nicht auf Schritt und Tritt überwacht. Aber am Ende sieht man Eden an, dass seine Führung den gleichen Ursprung hat wie die von Vampirya. Das hier ist keine dauerhafte Lösung. Für eine wirkliche Lösung müsste man sich mit Vampirya auseinandersetzen und sich nicht davor verstecken.«

»Auseinandersetzen?«, fragte Noah. »Und wie genau gedenkst du das zu tun?«

»Nun«, sagte ich und steckte meine gesperrte Waffe in die Hosentasche. »Thomas Brown hat uns eine wichtige Person genommen. Jetzt wird es Zeit, dass wir ihm eine wichtige Person nehmen.«

Maggie sah mich mit großen Augen an. »Luca«, sagte sie dann nur.

Der Diamant

»Ich hoffe, dir ist bewusst, dass ich in meinem ganzen Leben nicht so viele Regeln gebrochen habe wie in der kurzen Zeit, die wir uns kennen«, sagte Noah, als wir mit schnellen Schritten den Weg hinauf zum Hubschrauberlandeplatz liefen.

»Dessen bin ich mir durchaus bewusst und ich werde mich auch dafür erkenntlich zeigen. Irgendwann mal. Wenn wir das hier überleben sollten.«

»Ich erinnere dich dran«, sagte er. »Wenn wir das hier überleben sollten.«

Oben saß Violet neben Maik auf einem Felsen am Rand des Platzes. Ein Bein hatte sie angewinkelt und ihren linken Arm darauf abgelegt. In ihren Fingern hielt sie einen Zigarettenstummel, der sanft glühte. »Wenn du dabei bist, ahne ich nichts Gutes«, sagte sie, als sie mich sah.

»Oh, ich habe aber nur gute Absichten«, gab ich zurück.

Sie schien mit dem Gedanken zu spielen, den Stummel einfach wegzuschnippen, doch dann sah sie kurz zu Maggie, rieb ihn ein paar Mal über den Stein, auf dem sie saß und stopfte ihn in ihre halbvolle Zigarettendose.

»Wo soll's denn hingehen?«, fragte sie Noah.

»Wir müssen nach Vampirya«, sagte er.

»Warum?«

Da niemand antwortete, ließ sie ihren Blick schweifen, dann verschränkte sie die Arme vor der Brust. »Wo ist die junge, blonde Vampirin? Wie hieß sie noch gleich?«

Maggie half ihr auf die Sprünge. »Rain.«

»Kannst *du* uns das nicht sagen?«, fragte ich sie und trat dabei näher an sie heran. »Dr. Scott hat sie nach Vampirya bringen lassen. Übernimmst du nicht alle Flüge?«

Noah legte eine Hand auf meine Schulter. »Tut sie nicht. Sie war heute nur mit mir unterwegs.«

Violet lächelte triumphierend, dann nickte sie in Richtung ihrer Maschine. »Na dann hop, alle rein da.«

Maggie wollte gerade einsteigen, da unterbrach ich sie. »Wartet.«

Sie hielt inne und alle starrten mich an.

»Ihr müsst mich nicht begleiten. Es reicht, wenn Violet mich im Tunnel absetzt. Ich will euch da nicht mit reinziehen.«

»Aidan, wir sind bereits mitten drin«, sagte Noah.

»Rain ist meine beste Freundin, ich lasse sie nicht im Stich. Und dich auch nicht.«

Ich nickte, wissend, dass ich sie sowieso nicht zurückhalten konnte. Aber zumindest hatte ich es versucht.

Wenig später saßen wir gemeinsam auf den roten Sitzbänken.

»Also, wie sieht dein Plan aus?«, fragte Noah.

»Wir suchen Luca, nehmen ihn als Geisel und tauschen ihn gegen Rain aus.«

Maggie verzog etwas das Gesicht. »Meinst du nicht, das ist zu einfach?«

»Fällt dir was Besseres ein?«

Sie überlegte kurz, dann schüttelte sie den Kopf.

»Was wenn Thomas Brown Rain wichtiger ist als sein Sohn?«, fragte Noah.

»Dann ist dieser Kerl ein noch größeres Monster, als das, für das ich ihn bereits halte«, sagte ich. »Hier.« Ich reichte Noah eine meiner Waffen.

Er hob abwehrend die Hände. »Nein, damit kann ich nicht umgehen. Tut mir leid.«

»Dann nicht«, antwortete ich und steckte sie wieder ein.

Dann hörten wir Violet vorn plötzlich zischen. »Scheiße.«

Noah stand sofort auf und sah besorgt Richtung Pilotenkabine. »Was ist los, Vi?«

Die Vampirin stand leicht gebeugt neben Maik, der noch immer ruhig den Helikopter lenkte, und warf einen Blick auf einen kleinen Monitor, der die Maschine von allen Seiten zeigte.

»Wir haben einen blinden Passagier.«

»Blinden was?«, fragte Noah.

Zur Antwort lief Vi an uns vorbei und öffnete die Tür zu unserer Rechten. Ich löste meinen Gurt und sah mit Noah über ihre Schultern. Mir klappte der Mund auf. Unter uns klammerte sich doch tatsächlich Simon an die Landekufen des Helikopters.

»Ich hol ihn rauf«, sagte ich.

»Einen Teufel wirst du tun«, sagte Violet und ging wieder nach hinten.

»Willst du ihn einfach da hängen lassen? Er ist nur ein Junge, ich kenne ihn.«

Sie klappte eine Wand auf und zog einen breiten Gurt heraus, mit dem sie sich im Inneren des Helikopters festschnallte. »Das hab ich nie behauptet, Aidan.« Im nächsten Moment sprang sie aus dem Helikopter.

Ich wollte instinktiv nach ihr greifen, doch Noah hielt mich zurück. »Lass sie. Sie weiß, was sie tut.«

Und tatsächlich, der Gurt spannte sich und rollte sich kurz darauf selbstständig wieder auf, so dass die beiden hochgezogen wurden. Noah reichte Violet die Hand, ich griff nach Simon, der vollkommen außer Atem war.

»Bist du wahnsinnig?«, schrie ich ihn an.

Er sagte nichts, starrte mich nur erschrocken an. Dann erinnerte ich mich daran, wie er mir von seinen diversen Krankheiten erzählt hatte, und ich bekam es mit der Angst zu tun. Ich wollte nicht, dass er sich noch mehr aufregte, als er sicherlich ohnehin schon tat. Ich schloss kurz die Augen und atmete tief ein und aus. »Okay, nochmal«, sagte ich nun ruhiger. »Ehrlich, Simon, was hast du dir dabei gedacht?«

Sein Atem ging daraufhin etwas langsamer. »Ich will doch nur helfen«, sagte er.

»Helfen? Indem du dich todesmutig an einen Helikopter klammerst?«

Er schüttelte den Kopf. »Du hättest mich doch nie mitgenommen.«

Ich wusste nicht, was ich darauf antworten sollte. Natürlich hatte er Recht. Ich hätte ihn nicht mitgenommen. Ich ließ es dabei bewenden.

Den Rest des Fluges schwiegen wir uns alle an.

»Ich begleite euch«, sagte Violet, als wir alle aus dem Helikopter stiegen.

Mir war klar, dass ich Simon nicht dazu bewegen konnte, zurück nach Eden zu fliegen oder wenigstens hier zu warten, doch damit, dass Vi uns begleitete, hatte ich nicht gerechnet.

»Wenn ihr zu lange fehlt, erweckt das zu viel Aufmerksamkeit in Eden«, sagte Noah zu ihr.

»Scott, wenn du wüsstest, wie scheißegal mir das ist«, antwortete sie. »Was ihr da vorhabt, ist weit von unserem normalen Vorgehen entfernt, und ich kann nicht hier Däumchen drehen, während ich dich da unten in Gefahr weiß. Beim besten Willen nicht.«

»Aber ... Du bist meine Pilotin, nicht mein Bodyguard.«

»Das ist mir auch scheißegal«, sagte sie in einem Ton, der keine Widerworte zuließ.

Kurz darauf liefen Maggie, Noah, Violet, Simon und ich durch den Tunnel, der zur Zentrale des HPP führte. Dass wir an dessen Ende wieder von der gleichen schwarzhaarigen Vampirin begrüßt wurden, wunderte mich nicht.

»Mr. Scott«, sagte sie strahlend. »Schön, Sie so schnell wieder hier begrüßen zu dürfen. Wie kann ich Ihnen helfen?«

»Carol, ist hier heute die junge blonde Vampirin hergebracht worden, die wir letztes Mal mitgenommen haben?«, fragte er frei heraus.

Sie schüttelte den Kopf. »Nein, nicht das ich wüsste.«

Noah sah kurz ausdruckslos in meine Richtung. Natürlich war es möglich, dass ich mich irrte und sein Vater Rain gar nicht hier her gebracht hatte, aber mein Gefühl sagte mir, das dem nicht so war.

»Okay«, sagte Noah zu Carol. »Habt ihr hier eine Möglichkeit, bestimmte Bewohner von Vampirya ausfindig zu machen?«

»Noah, im Internet stehen alle Adressdaten, die kann jeder mit einem Datapad einsehen«, meldete sich Maggie zu Wort.

»Ich rede nicht von seinem Wohnort. Ich will wissen, wo er sich *jetzt* gerade aufhält«, erklärte er.

Carol schüttelte den Kopf. »Tut mir sehr leid, über ein solches Ortungssystem verfügen wir nicht.«

Plötzlich schob sich Simon zwischen Violet und Maggie hindurch. »Entschuldigung, aber ... Sind diese Systeme hier an das öffentliche Netz angeschlossen?«

Die Vampirin nickte. »Ja.«

Noah und ich sahen Simon erwartungsvoll an.

»Es könnte ein paar Minuten Zeit in Anspruch nehmen, aber ich denke, ich kann das System hacken und den Vampir ausfindig machen, den ihr sucht.«

Ich hätte nicht gedacht, dass dieser Augenblick je eintreffen würde, aber ich war tatsächlich heilfroh, dass dieser junge Mann sich an den Helikopter geklammert hatte. Ohne groß darüber nachzudenken, nahm ich seinen Kopf in meine Hände und gab ihm einen dicken Schmatzer aufs Haar. »Danke, Simon, danke!«

Dann fegten Simons Finger derart schnell über die Tastatur des Computersystems, das man ihm zur Verfügung gestellt hatte, dass ich keinerlei Zweifel an der jahrelangen Ausbildung durch seinen Großvater hatte.

»Wie lautet seine ID?«, fragte er nach einer Weile, in der er endlose Zeilen Code auf den schwarzen Bildschirm geschrieben hatte.

»ID?«, fragte ich. »Ich dachte, nur wir Menschen wären bloße Nummern?«

»Jeder Vampir in Vampirya besitzt eine einzigartige Zahlenkombination, mit der er zweifelsfrei identifizierbar ist. Jeder Einkauf wird damit getrackt, jede Geldbewegung verfolgt. Security Guards nutzen diese Nummer auch, um Akten einzusehen«, erklärte Carol.

»Und woher sollen wir Lucas Nummer wissen? Ich kenne seinen Nachnamen erst seit ein paar Stunden.«

»Ich kann vielleicht helfen«, sagte Maggie und kramte ihr Datapad aus ihrer Tasche.

»Das hast du noch?«, fragte ich sie.

Sie sah betroffen drein. »Ich konnte es nicht wegwerfen. Es ist wie mit den menschlichen Zeitungen und den vertrockneten Blumen. Ich hänge einfach zu sehr an manchen Dingen.«

Sie schaltete es ein und begann mit schnellen Handbewegungen darauf herumzutippen und zu wischen. »Luca hat einige Male bei mir etwas getrunken. Ich habe seine Nummer bestimmt irgendwo in meiner Buchhaltung.« Sie scrollte noch ein, zweimal weiter, dann hielt sie inne. »Hier. Luca Brown. Ein Cappuccino Large.« Sie hielt Simon das Datapad vor die Nase. »Das ist seine ID.«

»Alles klar, danke«, antwortete er und tippte sie ein, ohne ein zweites Mal auf das Datapad zu sehen. Nur ein paar Minuten später schob er das schwarze Fenster beiseite und deutete auf einen kleinen roten Punkt, der auf einer Karte leuchtete. »Da ist er.«

»Wo ist das?«, fragte ich.

Es war Carol, die antwortete. »Ein Industriegebiet. Mit dem Hovercar etwa zwanzig Minuten von hier.«

»Okay, wie kommen wir dahin?«

Noah wand sich an Carol. »Können wir ein Fahrzeug von euch nutzen?«

»Selbstverständlich«, antwortete sie.

Carol fuhr mit uns im Aufzug in die unterste Etage des Gebäudes. Während ich die Zahlen auf dem Display über der Tür immer höher steigen sah, fragte ich mich, wie tief unter der Erde wir nun sein mochten.

»Da wären wir«, sagte Carol, als der Aufzug mit einem kurzen Signalton stoppte. Die Tür schob sich auf und wir traten hinaus. Die Parkebene war fast leer. Insgesamt standen hier nur drei Kastenwagen. Alle waren dunkelblau und mit dem hellblauen Symbol des HPP bedruckt. Es erinnerte mich entfernt an eine Blume mit vier Blütenblättern.

Kaum hatte Carol sich einem der Fahrzeuge bis auf einen Meter Abstand genähert, erwachte dieses zum Leben. Die Lichter leuchteten auf, ein Piepton war zu hören und die Tür klappte nach oben auf. Genau wie die Hovercars hatte es kein Lenkrad. Der gesamte Innenraum war mit Sitzreihen ausgefüllt. Vier Plätze nebeneinander in vier Reihen. Ich fragte nicht nach, wozu das HPP

Platz für sechzehn Personen je Fahrzeug brauchte. Vielleicht fuhren sie ja damit gemeinsam auf Demos oder retteten Menschen. Andererseits fuhr das Fahrzeug wohl kaum in der Oberwelt herum und hier unten gab es keine Menschen. Oder etwa doch?

»Aidan?« Maggie riss mich aus meinen Gedanken. »Alles in Ordnung?«

Meine Freunde hatten bereits im Kastenwagen Platz genommen. Carol unterhielt sich mit Noah und beide tippten abwechselnd auf seiner Armbanduhr herum. Ich nahm an, dass sie ihm damit die Führung des Fahrzeugs übertrug.

Schweigend stieg ich ein. Mir war dieser ganze Technikkram zu viel. Ich wollte einfach nur meine Freundin retten.

»Wie kam es eigentlich dazu, dass das HPP mit Eden zusammenarbeitet?«, fragte Maggie während der Fahrt.

»Liegt das nicht auf der Hand?«, fragte ihr Bruder im Gegenzug. »Sie beschützen Menschen, wir geben Menschen eine lebenswerte Zukunft. Und nicht nur das. Wir helfen auch Vampiren, die das System hinterfragen und aussteigen wollen.«

Ich hörte den beiden nur auf einem Ohr zu. Ich konnte immer noch nicht glauben, dass ein Mann, der es sich zur Aufgabe gemacht hatte, eine bessere Welt zu schaffen, bereit war, dafür ausgerechnet das Leben der Frau aufs Spiel zu setzen, die mir soviel bedeutete wie keine vor ihr.

»Ist es das?«, fragte Simon, als mehrere größere Gebäude vor uns auftauchten.

Maggie schaute auf die Navigationskarte ihres Datapads. »Ich denke schon, ja.«

Nun sagte keiner mehr etwas. Alle hielten Ausschau nach einem dunkelblonden Burschen in Hemd und Jeanshosen. Das war zumindest Maggies Beschreibung gewesen. Simon und Noah hatten ihn nie gesehen und ich hatte zugegebenermaßen vergessen, wie er aussah.

Ich nahm an, dass wir ihn bei der Größe des Gebietes lange würden suchen müssen. Doch zu meiner Überraschung deutete Maggie bereits nach zehn Minuten durch das getönte Fenster auf einen jungen Mann, der tatsächlich ein blau-weiß gestreiftes Hemd und eine Jeanshose trug. Er trug einen schwarzen Rucksack und starrte beim Gehen die ganze Zeit auf ein Datapad in seiner Hand.

Wir fuhren an ihm vorbei und parkten um die Ecke. Dann stiegen wir aus. Maggie näherte sich ihm von vorn, wir von hinten. Hätte sie sich nicht mit einem »Hey« bemerkbar gemacht, wäre er wahrscheinlich direkt in sie reingelaufen, so unaufmerksam, wie er war.

»Maggie?«, fragte er verwundert. »Schön, dich mal wieder zu sehen. Wie geht es dir?« Er ging auf sie zu und machte Anstalten, sie zu umarmen, doch Maggie wich zurück und hob die Hände.

»Wie soll es mir denn gehen, während dein Vater meine beste Freundin gefangen hält?«

Luca öffnete den Mund und schien nach den richtigen Worten zu suchen. Doch wir ließen ihm keine Zeit. Violet packte ihn von hinten, drückte ihm mit einer Hand beide Arme auf den Rücken und hielt ihm mit der anderen den Mund zu. Danach bugsierte sie ihn ohne große Schwierigkeiten in das HPP-Fahrzeug.

Wir schlüpften hinterher und schlossen die Türen.

Noah zog Carols Chipscanner aus der Tasche und fuhr damit über Lucas Arm. Maggie packte ihren kleinen Bruder an der Schulter. »Was wird das? Bist du verrückt?«

»Ich hab ihnen so oft dabei zugesehen, ich bekomme das hin.«

Maggie sah ihn mit großen Augen an.

»Sind wir hier, um halbe Sachen zu machen? Willst du Rain retten oder nicht?«, fragte er.

Sie schluckte kurz. »Natürlich will ich das.«

»Gut«, sagte er daraufhin und scannte weiter. Das Gerät meldete, dass es den Chip gefunden hatte und Noah setzte es direkt darüber an.

Luca zuckte und versuchte, unter Violets Hand zu sprechen, so dass Noah innehielt und Violet zunickte, woraufhin sie zumindest seinen Mund freigab.

»Bitte, ich weiß nicht, wovon ihr redet! Ich weiß nichts von Rain! Ich habe sie seit Wochen nicht gesehen!«

»Dann ist der Informationsfluss zwischen dir und Daddy wohl ziemlich schlecht«, antwortete ich kühl.

»Du!«, schrie er daraufhin. »Du bist-« Doch Violet ließ ihn nicht weiterreden.

»Du bist zu laut, Junge«, knurrte sie und hielt ihm wieder den Mund zu.

Während Noah den Chip entfernte, bäumte sich Luca noch einmal wild auf und Violet erstickte seinen dumpfen Schrei mit der Hand. Beinahe hätte er mir leid getan, wären mir nicht die Bilder der Menschen durch den Kopf gegangen, die seines Vaters wegen tagtäglich gegen ihren Willen gechippt und ihres Blutes beraubt wurden.

Noah wusch den kleinen Chip ab und verstaute ihn in einer winzig kleinen Dose in seiner Tasche. Maggie wickelte indes einen provisorischen Verband um das Handgelenk des jungen Vampirs, der nun ziemlich schlaff in Violets Griff hing.

Doch das hielt mich nicht auf. »Wo hat dein Vater sie hingebracht?«, fragte ich.

Luca reagierte nicht auf meine Frage, bis Violet ihn unsanft schüttelte.

»Nochmal zum Mitschreiben: Ich. Weiß. Es. Nicht«, betonte er jedes Wort einzeln, wenngleich seine Stimme jetzt deutlich schwächer war als noch wenige Minuten zuvor.

»Mal angenommen, du würdest nicht lügen«, sagte ich. »Wo würde dein Vater Rain hinbringen lassen, wenn man sie nach einem Ausbruch in die Oberwelt bei ihm abliefern würde?«

»Hast du sie also schon wieder dazu gebracht?«, fragte er.

So langsam riss mir der Geduldsfaden. Ich zog meine Waffe aus der Hosentasche und entsicherte sie.

»Hörst du jetzt auf, dämliche Fragen zu stellen und antwortest stattdessen auf *meine* Fragen?«, fauchte ich ihn an.

Er kniff die Augen zusammen. »Herrgott nochmal, ich weiß es nicht!«

»Vielleicht weiß er es wirklich nicht«, sagte Maggie sanft.

»Und wenn schon, eine Vermutung wird er ja wohl haben«, sagte Violet.

»Könnten wir seinem Vater nicht einfach eine Nachricht über sein Datapad schreiben und ihn direkt fragen?«, warf Simon ein.

Ich warf einen fragenden Blick in Maggies Richtung.

»Das könnte funktionieren, sofern er sie selbst schreibt. Das Datapad reagiert nur auf die Fingerabdrücke und die Stimme seines Besitzers«, meinte sie.

»Und was sagst du dazu?«, fragte ich an Luca gewandt.

Er nickte kaum merklich. »Meinetwegen, wenn du mir versprichst das Ding aus meinem Gesicht zu nehmen.«

»Gib mir einfach keinen Grund, es in deine Visage zu halten«, erwiderte ich.

Maggie zog Lucas Datapad aus dem Rucksack an seinem Rücken und reichte es ihm.

Binnen weniger Sekunden hatte er es entsperrt und eine Nachricht an seinen Vater geschrieben. Dann sah er vom Bildschirm auf. »Das könnte eine Weile dauern, mein Vater ist sehr-«, doch plötzlich wurde er vom Vibrieren seines Pads unterbrochen und tippte wieder darauf herum. »Er hat sie in unser Penthouse bringen lassen.«

»Penthouse?«, fragte ich verwundert.

»Hier unten gibt es ein Penthouse?«, fragte auch Maggie. »Was will man hier denn überblicken und wie hoch soll das gelegen sein?«

»Du wirst überrascht sein, Maggie«, sagte Luca mit einem leichten Lächeln auf den Lippen.

»Kommen wir da rein, ohne euren Bodyguards zu begegnen?«, wollte ich von ihm wissen.

»Es gibt einen geheimen Tunnel. Ich kann euch hinführen«, sagte er.

»Schön, du kannst dir ja sicher denken, was passieren wird, solltest du versuchen uns zu hintergehen«, erinnerte ich ihn.

Er nickte.

* * *

Etwa eine Stunde später führte er uns tatsächlich durch ein Tunnelsystem, das mich an jenen Tunnel erinnerte, der die Oberwelt mit dem HPP-Hauptquartier verband. Nur, dass dieser Tunnel hier komplett mit einem Leuchstreifen an jeder Seite ausgestattet war.

»Dieser Tunnel war eigentlich zu meinem und zu meines Vaters Schutz gedacht«, sagte Luca etwas bitter, nachdem wir uns alle eine Weile angeschwiegen hatten.

»Nun er schützt dich davor eine Kugel in den Schädel geschossen zu bekommen, das ist doch immerhin etwas, findest du nicht?«, sagte ich.

Luca seufzte. »Hätte mir jemand erzählt, dass Rain sich ausgerechnet in jemanden mit solch zweifelhaftem Humor verlieben würde, ich hätte ihn ausgelacht«, sagte er dann.

»Eifersüchtig?«

Er schüttelte den Kopf. »Enttäuscht.«

»Dass sie sich nicht für dich entschieden hat?«, fragte ich.

»Ich stand nie zur Wahl«, sagte er zu meiner Überraschung. Dann blieb er plötzlich stehen und wir taten es ihm gleich. »Da wären wir.«

Vor uns befand sich eine große Stahltür, an deren rechter Seite ein kleiner schwarzer Kasten an der Wand hing.

Luca drehte sich zu Noah um. »Ich brauche meinen Chip.«

»Wäre es nicht sinnvoller gewesen, diese Tür mit etwas zu versiegeln, dass man dir nicht rausschneiden kann?«, fragte Simon. Ich musste ihm Recht geben.

»Der Chip ist nur einer von fünf Schutzmechanismen. Die anderen sind meine Stimme, mein Fingerabdruck, meine Iris und ein Zahlencode.«

Und tatsächlich, erst nachdem Luca mit dem Kasten gesprochen, ihn angesehen und mit seinen Fingern einen Code eingegeben hatte, öffnete sich die schwere Tür für uns. Dahinter befand sich ein Aufzug.

Wir fuhren nach oben, und als sich die Aufzugtür aufschob, trauten wir unseren Augen kaum. Über uns erstreckte sich ein gigantisches Glasdach, durch das wir tatsächlich die Sonne sehen konnten. Sie tauchte den riesigen, schneeweißen Raum in goldenes Licht. Violet und Maggie schreckten instinktiv zurück, doch Luca trat einfach hinaus, ohne mit der Wimper zu zucken.

»Das Spezial-Glas filtert das UV-Licht«, erklärte er.

Mit zögernden Schritten verließen die beiden Vampirinnen den Aufzug.

»Das muss eine ähnliche Zusammensetzung haben wie Vaters Stoffe und Cremes«, sagte Noah, ohne direkt jemanden anzusprechen.

»Wenn Vampirya über solches Glas verfügt, warum haben wir es nicht auch an anderer Stelle verwendet und leben stattdessen unter künstlichem Licht? Warum enthaltet ihr der Bevölkerung *das* vor?«, fragte Maggie sowohl interessiert, als auch mit traurigem Unterton.

»Weil es ein Privileg ist, welches nur der Obrigkeit zuteilwerden sollte«, ertönte plötzlich eine Stimme, die ich erst nicht zuordnen konnte. Schritte ertönten und ich erinnerte mich wieder.

Um die Ecke bog jener Mann, der im Humanodrom seine Hand auf Lucas Schulter gelegt hatte und dann einfach gegangen war. Auch jetzt trug er einen dunklen Anzug mit Krawatte: Thomas Brown, der Regierungschef von Vampirya.

»Sie alle sollten nur eines bekommen. Entweder Sonnenlicht oder ewige Gesundheit. Bekämen sie beides, ich bin sicher, es würde ihnen zu Kopf steigen«, sagte Brown.

»Wo ist Rain?!«, schrie ich ihm ohne Umschweife entgegen.

Brown verzog nicht einmal das Gesicht. Er sah entspannt in meine Richtung und dann zur Seite. Ich folgte seinem Blick - und dann wäre mir fast das Herz stehen geblieben. In der hinteren Ecke des riesigen Raumes stand eine große Sofagarnitur, auf der Rains lebloser Körper lag. Ohne zu zögern stürmte ich zu ihr. Ich ging vor ihr auf die Knie und legte meine gesunde Hand an ihre Wange. Sie war wie immer kälter als ich, daher konnte ich nicht sagen, wie es ihr ging. Hilfesuchend drehte ich mich zu Lucas Vater um. »Was haben Sie mit ihr gemacht?!«

Er antwortete mir nicht, also zog ich erneut meine Pistole, entsicherte sie und zielte damit auf Luca, der sich wieder in Violets festem Griff befand. »Antworten Sie gefälligst oder ich blase ihm das Gehirn weg!«

»Was macht dich so sicher, dass du nicht deiner Freundin das Gehirn wegbläst?«.

»Ich bin ein sehr guter Schütze. Ihrer *tollen* Idee eines Allheilmittels sei Dank musste ich meine Familie jahrelang mit Wild ernähren.«

Brown lachte.

Dann ging alles ganz schnell. Ich weiß nicht, wann und wie er sie gerufen hatte, doch von einer Sekunde auf die nächste stürmte Wachpersonal aus drei verschiedenen Richtungen in den Raum. Ich zielte noch immer auf Lucas Kopf, da hörte ich meinen Namen.

Ich sah zur Seite und realisierte, dass eine Kugel auf mich zugeflogen kam. Wie in Zeitlupe näherte sich das kleine runde Ding im strahlenden Sonnenlicht. Noch bevor ich überhaupt einen klaren Gedanken fassen konnte, sprang Simon direkt vor mich. Getroffen, ging er sofort zu Boden und blieb mit dem Gesicht unten liegen.

Unter seinem Körper bildete sich eine dunkelrote Blutlache.

»Simon!«, schrie ich und rannte auf ihn zu. Dabei nahm ich den Vampir, der auf mich geschossen hatte, ins Visier und drückte ab. Die Kugel traf ihn direkt in die Stirn und er kippte um.

»Violet!«, schrie ich und warf ihr die zweite Waffe zu. Im Gegensatz zu Noah hatte sie den Schneid, auch jemanden damit zu töten.

Ich ging vor Simon in die Knie. Als ich mich über den Jungen beugte, um ihn vorsichtig umzudrehen, fielen gleich mehrere Schüsse, doch ich drehte mich nicht um. Stattdessen starrte ich in seine weitaufgerissenen, leeren Augen. Er hatte mir das Leben gerettet. Ein Teil von mir wollte ihn schütteln und anschreien, doch das Blut um uns herum verriet mir, dass es hoffnungslos war.

»Simon«, flüsterte ich daher stattdessen, während ich seine Lider vorsichtig mit zwei Fingern schloss. »Es tut mir leid, Simon.«

»Aidan!«, hörte ich Violet brüllen.

Ich ließ Simon los und stand auf. Luca noch immer im Schwitzkasten hatte sie in der Zwischenzeit alle Wachposten erschossen. Thomas Brown dagegen war sich wohl sehr sicher, dass wir ihn nicht so einfach erschießen würden, und verharrte regungslos in seiner Position.

»Schnapp dir deine Freundin und dann nichts wie raus hier!«, rief sie mir zu.

»Aber wir können Simon doch nicht einfach hier liegen lassen!«, rief ich zurück.

»Das müssen wir!«

»Scheiße«, zischte Noah und rannte an mir vorbei zur Sofagarnitur. Dort nahm er Rain vorsichtig hoch. »Jetzt lasst uns abhauen«, rief er mit Rain in den Armen.

Ich hob Simon hoch. »Was ist mit ihm?«, knurrte ich und starrte in Browns Richtung. Auf seinen Lippen erkannte ich ein leichtes Lächeln. War er uns noch immer so sehr überlegen, dass er uns bereits siegessicher anlächelte?

Maggie legte ihre Hand auf meine Schulter.

»Vergiss es, Aidan. Du kannst nicht die ganze Welt retten.«

»Ich weiß, aber es wäre ein Anfang«, sagte ich.

»Wenn wir hier nicht bald verschwinden, ist es das Ende«, fauchte Violet.

Widerwillig ließ ich Brown am Leben und rannte mit meinen Freunden zurück zum Aufzug. Noah trug Rain, ich Simon und Violet zerrte Luca mit sich.

Durch die sich schließenden Aufzugtüren warf ich einen letzten Blick auf Brown.

»Was hast du eigentlich mit Browns Sohn vor?«, fragte Noah Violet.

»Der Bursche ist unser Notfallpflaster, falls wir aufgehalten werden«, erklärte sie.

»Passt auf, dass ich nicht euer Sargnagel werde«, keuchte er in Violets festem Griff.

»Ach, halt doch dein vorlautes Maul«, fuhr sie ihn an.

Wir erreichten den Tunnel und rannten weiter. Als wir das sprichwörtliche Licht am Ende des

Tunnels sahen, rechneten wir schon fest damit, aufgehalten zu werden. Doch zu unserer Überraschung war niemand da.

»Das stinkt gewaltig«, war Violets Kommentar dazu.

Wir stimmten ihr murmelnd zu.

»Hast du noch Munition?«, fragte sie an mich gewandt.

Ich legte Simon vorsichtig ab, griff in meine Hosentasche und reichte ihr das Magazin.

Sie warf mir im Gegenzug unsere Geisel zu. Ich hielt Luca mit dem linken Arm fest, doch als er Anstalten machte, sich zu wehren, schob ich den rechten Ärmel hoch. »Willst du, dass ich dich lieber damit festhalte?«

»Shit!«, knurrte er.

»Die Jugend von heute«, stöhnte Violet, lud die Pistole nach und packte Luca erneut. »Los jetzt, zum Fahrzeug.«

Wir wollten gerade los rennen, da meldete sich Noah. »Ähm, Aidan«, sagte er leise. Ich drehte mich zu ihm um.

»Ich glaube, sie wacht auf.«

Und tatsächlich: Rain verzog kurz ihr hübsches Gesicht und dreht ein paar Mal den Kopf hin und her, dann öffneten sich zaghaft ihre Augen.

Noah ging mit ihr in die Knie und ich tat es ihm mit Simon gleich.

»Hey Süße«, sagte ich leise.

Ihre Augen sahen zunächst ins Leere, dann fixierten sie mich. »Aidan?«

»Ja, wir sind alle hier«, sagte ich.

Sie sah sich um. Als sie Simons Blut an meinen Klamotten und den leblosen Jungen auf meinem Schoß liegen sah, wurden ihre Augen größer und sie schlug eine Hand vor den Mund. »Oh mein Gott!«

Ich hätte es ihr gerne erklärt, doch dafür war keine Zeit.

»Wir müssen jetzt wirklich los«, drängte Violet.

»Kannst du laufen?«, fragte ich Rain.

Sie schüttelte den Kopf. »Ich glaube nicht.«

»Ist es dann okay, wenn Noah dich weiter trägt?«

»Ja, natürlich«, antwortete sie.

Wir rannten weiter, so schnell es uns mit zwei Personen auf dem Arm und einer im Schwitzkasten möglich war. Unser Ziel war der HPP-Kastenwagen, den wir ein gutes Stück vom Tunnel entfernt stehen gelassen hatten, um nicht entdeckt zu werden.

Nun stellte sich das als unser Verhängnis heraus. Wir sahen sie nicht kommen, wir hörten sie auch nicht. Aber wir hatten etwas geahnt, es wäre ja auch zu schön gewesen, wenn wir einfach so mit Rain nach Eden hätten zurückkehren können.

Sie kamen aus dem Nichts und waren dabei mindestens so zielsicher, wie ich es gewesen war. Ich sah noch aus dem Augenwinkel, wie eine Kugel Violets Bein traf und diese daraufhin zu Boden ging.

Dann durchfuhr mich ein brennender Schmerz und ich verlor das Gleichgewicht. Simons Körper rutschte mir aus den Armen und knallte auf den schneeweißen Boden Vampiryas. Ich stolperte über den Leichnam und tat es ihm gleich.

Unter mir sah ich zum zweiten Mal an diesem Tag eine Blutlache. Doch dieses Mal war es mein eigenes Blut. Es quoll aus einer Schusswunde in meiner Wade.

Violet schrie und dieser Laut ging mir durch Mark und Bein. Ich brauchte eine Weile, bis ich die Situation richtig erfasst hatte. Doch dann wurde mir klar, dass es mich noch viel schlimmer hätte erwischen können, wäre ich ein Vampir, denn sie hatten natürlich mit Silber geschossen.

Panisch sah ich mich nach Rain um. Noah war mit ihr hinter einer Mauer in Deckung gegangen. Beide schienen unverletzt, ebenso Maggie neben ihnen.

Luca rappelte sich gerade hoch, nun da er sich nicht mehr in Violets Klammergriff befand. Hinter ihm näherten sich einige uniformierte Vampire.

Einer von ihnen ging mit seiner Waffe im Anschlag auf mich zu und musterte mich. »Tatsächlich, Menschen in Vampirya und dann gleich mehrere«, sagte er.

»Nein!«, schrie Rain plötzlich. Ich wollte mich zu ihr umdrehen, aber ich merkte, dass es mir langsam schwerfiel, den Oberkörper zu heben, geschweige denn den Kopf zu drehen. Ich hörte ihre Schritte und dann spürte ich ihre zarte Hand auf meinem Rücken.

»Diese Menschen wollten niemandem etwas Böses«, sagte sie, ihre Stimme voller Verzweiflung. »Wir bringen sie zurück nach oben und dann wird alles wieder seinen gewohnten Gang gehen.«

»Das darf bezweifelt werden«, sagte der Uniformierte mit Blick auf Simon.

Sie wollte etwas erwidern, doch eine mir inzwischen durch Mark und Bein gehende Stimme kam mir zuvor.

»Werte Damen und Herren!«, sagte Brown. Er kam hinter den Security Guards hervor, die Arme auf dem Rücken, und dann gemütlich auf uns zu. »Ich wäre Ihnen sehr verbunden, wenn sie die Unruhestifter in mein Penthouse bringen würden.«

»Entschuldigen Sie, Sir«, meldete sich eine junge Security Guard zu Wort. »Für gewöhnlich werden in Vampirya aufgelesene Menschen dem HPP übergeben.«

»Ich wusste gar nicht, dass das Human Protection Program neuerdings über der Regierung steht?«, fragte Brown in recht überheblichem Ton.

»Liz!«, zischte ein älterer Guard sie daraufhin an. »Verzeihen Sie, Sir. Das Fräulein ist noch in der Ausbildung und weiß es nicht besser. Selbstverständlich bringen wir diese Personen in Ihr Penthouse.«

Noah und Maggie wurden grob auf die Beine gezogen und auch für Violet hatten die Guards wenig Mitleid übrig. Trotz des brennenden Silbers in ihrem Bein zerrten sie sie hoch. Rain stellte sich den zwei Guards, die sich uns näherten in den Weg, doch sie ließen sich davon nicht beirren. Während einer Rain mit sich nahm, zog mich der Andere grob auf die Beine. Mein linkes Bein schmerzte und ich konnte es kaum belasten, als ich schließlich stand.

»Was machen wir mit dem hier?«, fragte einer der Guards. Er stand vor Simon.

»Bringen Sie ihn ins Humanodrom. Vielleicht kann man dort noch etwas von ihm verwerten«, sagte Brown kühl.

Ich spürte eine unbändige Hitze in mir aufsteigen, als ich daran dachte, wie sie den Jungen für ihre Zwecke auseinanderrissen. Als der Guard Simons Arm packte und ihn hinter sich her schleifte, platzte mir der Kragen.

»Nein!«, schrie ich aus Leibeskräften. »Der Junge muss beerdigt werden! Er hat es nicht verdient, von euch Bastarden zerstückelt zu werden!«

Der Guard, der mich festhielt, machte beruhigende Geräusche, die mich an den Umgang mit scheuenden Pferden erinnerten. Doch ich ließ mich davon nicht beirren, im Gegenteil. Dass sie mich auf eine Stufe mit einem Tier stellten, ließ den Zorn nur noch mehr hochkochen.

Es gelang mir, mich loszureißen, und als er Anstalten machte, erneut nach mir zu greifen, riss ich mir meinen rechten Ärmel und den Handschuh ab und holte mit meiner Prothese aus. Der Vampir wurde derart heftig davon getroffen, dass er rücklings zu Boden fiel und sich nicht mehr rührte.

»Aidan! Pass auf!«, schrie Noah.

Ich wollte mich noch umdrehen, um zu sehen, vor was er mich gewarnt hatte. Doch da traf mich etwas im Bauchraum. Ich wusste nicht, was es gewesen war und von wem es gekommen war, aber mir blieb auch keine Zeit nachzusehen, denn im nächsten Moment, versank alles um mich herum in Dunkelheit.

Die Wahl

Als ich langsam wieder zu mir kam, konnte ich nicht sagen, wie lange ich ohne Bewusstsein gewesen war. Das Erste, was ich spürte, war Müdigkeit. Meine Lider waren schwer wie Blei, meine Gliedmaßen spürte ich zunächst gar nicht. Und als ich sie schließlich zu bewegen versuchte, durchfuhr ein stechender Schmerz meinen Körper.

Plötzlich erinnerte ich mich wieder. An die Security Guards, an Brown und seinen Befehl – und an den Schuss in mein Bein.

Ich riss die Augen auf und wollte mich aufsetzen, doch eine Hand drückte mich sanft wieder zu Boden. »Woah, ganz ruhig.« Ich brauchte einen Moment, um die Stimme zuzuordnen. Männlich, jung, nicht so klangvoll wie die Stimme eines Vampirs – Noah.

Ich drehte meinen schmerzenden Schädel in seine Richtung. Sein langes, rotes Haar war offen und reichte ihm weit über die Schultern. Das Licht war zwar etwas schummrig, trotzdem konnte ich sehen, dass es teilweise zerzaust und dreckig war.

»Wo bin ich?«, krächzte ich und bereute, den Mund aufgemacht zu haben. Mein Hals quittierte meine Worte mit einem heißen Brennen.

»Immer noch im Anwesen der Browns«, sagte Noah und half mir, meinen Oberkörper vom Boden abzustützen.

Wir befanden uns offensichtlich in einem Raum, etwa zehn Quadratmeter groß, mit dunklem PVC-Boden und Betonwänden. Die einzige Lichtquelle war ein dünner Leuchstreifen am oberen Ende der vier Wände.

»Wer hätte gedacht, dass sie neben einem Penthouse auch noch für einen Kerker zum Einbuchten unliebsamer Gäste gesorgt haben?«, hörte ich dann Violets tiefe Stimme aus einer Ecke. Sie saß dort, ein Bein gerade, das andere leicht angewinkelt und vermisste wahrscheinlich ihre Zigaretten mindestens so sehr wie die Freiheit.

Ich sah sie verwundert an. War sie nicht ebenfalls angeschossen worden?

Meine Freunde verstanden sofort.

»Maggie hatte das Silberheilmittel für Notfälle in der Tasche«, erklärte Noah.

Als diese sich zu Wort meldete, wanderte mein Blick in die andere Ecke. »Tut mir leid, dass ich dir nicht auch helfen konnte.« Sie klang betroffen.

»Schon okay«, sagte ich und wollte mein Bein bewegen, doch der brennende Schmerz ließ mich kurz zähneknirschend nach Luft japsen. »Scheiße.«

»Ich hab es notdürftig mit deinem Ärmel verbunden«, sagte Noah und deutete auf meinen linken Arm, der nun genauso frei lag, wie meine Prothese.

Plötzlich krabbelte das kleine weiße Hermelin unter Noahs Schal hervor und rollte sich um meinen Hals.

»Er macht sich wohl Sorgen um dich«, sagte Noah sanft.

Ich hob vorsichtig den gesunden Arm und streichelte das weiche Fell. »Ich mache mir auch Sorgen um mich.«

Und dann nahm ich den Arm derart rasch wieder runter, dass Drax kurz zusammenzuckte. »Moment«, sagte ich. »Wo sind Rain und Simon?«

»Das wissen wir leider nicht«, sagte Maggie. »Wir nehmen an, dass sie Simon ins Humanodrom gebracht haben und sich Rain noch immer hier im Gebäude aufhält.«

Ich vergrub das Gesicht in den Händen. »Scheiße, scheiße.«

»Wir sind allerdings noch keine zwölf Stunden hier«, ließ Noah mich wissen.

Wenig später öffnete sich die schwere Tür unseres Gefängnisses. Wir machten uns darauf gefasst, die Person, die eintreten würde, zu attackieren. Die Tür ging einen Spalt breit auf und Rain schlüpfte mit einem Tablet in der Hand hindurch. Hinter ihr schloss sich die Tür wieder.

»Rain!«, sagten wir alle gleichzeitig.

Sie hingegen sagte nur einen Namen. »Aidan!« Sie lief direkt auf mich zu, legte das Tablet vor mir ab und fiel mir um den Hals.

»Ich dachte, ich dachte, ich dachte-«, stotterte sie den Tränen nahe.

»Alles gut, Süße«, versuchte ich, sie zu beruhigen, und streichelte ihren Rücken mit meiner gesunden Hand, während ich meine Silberhand möglichst weit weg von ihr hielt.

»Nichts ist gut«, schluchzte sie in meine Brust.

»Rain? Was ist das?«, fragte Maggie dann und starrte auf das Tablet. Darauf befanden sich eine kleine Dose, eine Wasserflasche und ein Becher gefüllt mit tiefroter Flüssigkeit – reines, menschliches Blut.

»Das ist für euch«, sagte sie und zog dabei die Nase hoch. »Das ist ein schlechter Witz«, antwortete Maggie angesäuert. »Meine Idee war das nicht«, versuchte Rain, sich zu verteidigen.

»Hey, Mädchen«, rief Violet dann aus ihrer Ecke. »Reicht mir mal eine von euch den Becher.«

»Ernsthaft?«, fragte Maggie ungläubig.

Violets Blick verfinsterte sich. »Ich wurde erst vor kurzem angeschossen, ich kann eine kleine Stärkung gut gebrauchen.«

»Woher willst du wissen, dass das nicht von Simon ist?!«, schrie Maggie.

Violet verdrehte die Augen. »Weil Blut nur dann für uns geeignet ist, wenn wir es von noch lebenden Menschen beziehen.«

»Als ob es Brown interessiert, was für uns hier drin geeignet ist!«, gab Maggie zurück.

»Ich habe gesehen, wie Luca es aus einer der schwarzen Flaschen in den Becher geleert hat«, sagte Rain leise.

Maggie stöhnte entnervt und schob Violet das Tablet hin. Diese nahm den Becher und trank ihn in einem Zug leer, dann stellte sie ihn zurück und griff nach der Dose. Sie sah kurz hinein, dann schloss sie sie wieder und warf sie uns zu. Noah fing sie reflexartig auf. »Das ist für euch«, sagte Violet.

Zum Vorschein kamen zwei mit Käse und Schinken belegte Sandwiches.

»Was bezweckt Brown damit, uns hier gefangen zu halten?«, fragte Noah mit Blick in die Dose.

»Das weiß ich leider nicht«, sagte Rain traurig und sah hinunter auf ihr Handgelenk.

»Hat er es dir erzählt?«, fragte ich.

Sie musterte mich stumm.

Ich deutete auf das Tattoo.

Sie schloss die Lider und nickte. »Ja, und als ich eine Panikattacke bekam, haben sie mich sediert. Das Nächste woran ich mich erinnere, war deine Stimme, weit weit weg und dann bin ich in Noahs Armen aufgewacht.«

Sie legte ihre andere Hand auf das Tattoo, um es abzudecken. »Es tut mir leid, wenn ich das alles gewusst hätte, hätte ich euch niemals in solche Gefahr gebracht.«

Maggie packte ihr linkes Handgelenk, woraufhin Rain ihre beste Freundin ansah. »Hey, hör auf, dir die Schuld für irgendetwas zu geben! Ohne dich säße ich jetzt noch immer in meinem Café und würde mich fragen, wo meine Eltern sind.«

»Ohne mich hätten sie dich gar nicht erst so lange allein gelassen. Das haben sie nur getan, weil sie Angst hatten, dass ich dich begleiten und Eden dadurch verraten würde.«

»Aber das hast du nicht«, klinkte Noah sich ein. »Eden ist sicher.«

»Noch«, antwortete Rain.

»Was soll das heißen?«, fragte Noah nervös.

Rain wollte gerade etwas antworten, da klopfte jemand von außen gegen die metallene Tür.

»Ich muss wieder gehen«, sagte sie dann stattdessen.

»Was soll das heißen?«, rief Noah.

Doch Rain schüttelte nur den hübschen Kopf. »Es tut mir leid.« Sie nahm mein Gesicht in ihre Hände und küsste mich, dann nahm sie das leere Tablet und klopfte von Innen gegen die Tür, woraufhin jemand sie ein klein wenig öffnete, so dass sie wieder nach draußen schlüpfen konnte.

Wir waren wieder uns selbst überlassen. Eine ganze Weile sagte niemand etwas. Dann griff Maggie nach der Dose mit den Sandwiches und reichte sie mir.

»Was soll ich damit?«, fragte ich etwas mürrischer, als ich es vorgehabt hatte.

»Essen, du hast immerhin eine Schusswunde.«

Ich schnaubte. »Nein, danke.«

Drax krabbelte von seinem Platz auf meiner Schulter, hüpfte auf mein Knie und schnupperte an dem Brot in Maggies Hand, dann zog er den Schinken heraus.

»Er ist nicht so wählerisch«, sagte Noah mit einem Lächeln auf den Lippen.

»Was ihn aktuell zu den zwei Schlausten hier im Raum macht«, kommentierte Violet aus ihrer Ecke.

Maggie verdrehte die Augen und legte das Sandwich zurück in die Dose.

Ich wischte mir mit dem Handrücken den Schweiß von der Stirn. Irrte ich mich oder wurde es hier drin allmählich ziemlich warm?

»Wollen die uns etwa gut durch gegart?«, fragte ich sarkastisch.

Noah und Maggie musterten einander, dann sahen sie besorgt zu mir. Letztere legte ihre Hand an meine Stirn. »Nein, Aidan. Du hast Fieber.«

Ihr Bruder stand wütend auf, ging schnellen Schrittes auf die Tür zu und polterte dagegen. »Hey! Lasst uns raus, verdammt!«, schrie er derart laut, dass es in meinen Ohren dröhnte. »Hallo?! Hört mich irgendjemand? Doktor Brown! Luca! Ihr könnt uns hier drin nicht einfach verrecken lassen!« Immer und immer wieder schlug er mit der Faust gegen das Metall. Doch auf der anderen Seite regte sich niemand. Schließlich ließ sich Noah an der Tür hinab gleiten, und blieb auf dem Boden sitzen.

Drax hatte inzwischen seinen Schinken komplett verspeist, lief zu seinem Herrchen hinüber und krabbelte an ihm empor, um sich wieder um seinen Hals zu legen.

Ich wollte gerne etwas sagen, aber so langsam wurde mir doch sehr schwummrig. Ein klein wenig erinnerte mich dieses Zimmer an die Speisekammer, in die Rain mich vor zwei Jahren gesperrt hatte. So hatte alles angefangen. Sollte es etwa auch so enden? Würde ich hier sterben? Mit einer Schusswunde, in einem dunklen Loch? Die Frau, die ich liebte, war so nah und doch so fern. Meine Familie würde wahrscheinlich nie erfahren, was passiert war. Aber immerhin hatte ich tolle Freunde an meiner Seite – und eine Vampirin, die mich nicht leiden konnte.

Just in jenem Moment, in dem ich gerade dabei war einzuschlafen, schwang die schwere Tür zum ersten Mal komplett auf. Noah wich erschrocken zurück. Vor ihm standen drei bewaffnete männliche Vampire in dunklen Anzügen.

»Aufstehen und raus«, befahl der Mittlere. Als Noah sich umdrehen wollte, um mir auf zu helfen, wurde er gepackt und zur Seite geschoben.

Noahs schmerzverzerrtes Gesicht ließ Violet wütend knurren. Sie stand blitzartig auf und machte Anstalten, auf den Vampir loszugehen, doch sein Kollege hob den Arm und zielte direkt auf sie.

»Vi, lass das«, zischte Noah, woraufhin sie sich etwas entspannte.

Der Vampir wirbelte Noah einmal herum und schubste ihn nach draußen, dann befahl er Violet, ihm zu folgen.

Zurück blieben Maggie und ich.

»Aufstehen und raus«, wiederholte der Anzugträger.

»Aber er ist doch ver-«, begann Maggie.

»Aufstehen und raus«, unterbrach er sie.

»Aber-«, setzte sie erneut an, doch dieses Mal unterbrach ich sie.

»Schon gut«, presste ich hervor.

Maggie sah mich besorgt an. Ihre glasigen Augen verrieten mir, dass sie kurz davor war, in Tränen auszubrechen.

Widerwillig stand sie auf und verließ den Raum.

Ich war nicht in der Lage ihr zu folgen. Ich

wartete darauf, wieder die drei Worte zu hören und machte mich darauf gefasst, eine Kugel in den Kopf zu bekommen. Doch zu meiner Überraschung sagte er nichts. Stattdessen trat er auf mich zu, schob seine Arme unter meine Achseln und zog mich hoch. Dann schleifte er mich aus dem Raum. So richtig bekam ich dann nicht mehr mit, wohin und wie lange ich durch die Gegend geschleift wurde. Ich konnte kaum den Kopf heben und sah nur verschwommenen den Fußboden.

Irgendwann ließ er mich los und ich knallte mit dem Gesicht nach unten auf weiße Fließen. Ich schmeckte Blut, Schmerz schoss mir die Nase hinauf. Ich musste sie mir bei dem Sturz gebrochen haben.

Erneut packten mich zwei Hände und drehten mich um.

Verschwommen nahm ich ein Gesicht wahr. Hustend starrte ich es an, doch nicht wegen des Blutes, sondern weil es das von Angus Timothy Scott war.

Er lächelte mich warm an. »Es tut mir leid, Aidan«, flüsterte er.

Ich verstand nicht, wovon er redete. Mit aller mir verbleibender Kraft drehte ich den Kopf und sah mich um. Für einen Augenblick hoffte ich, ich hätte alles nur geträumt und läge bei den Scotts auf dem Fußboden, doch dem war nicht so. Um mich herum leuchtete goldener Sonnenschein. Ich lag in Browns Penthouse auf dem Fußboden. Gar nicht so weit von jener Stelle entfernt, an der Simon den Tod gefunden hatte.

Scotts Kinder und Violet saßen etwa einen Meter von uns entfernt und wurden von zwei der Vampirwachen flankiert. Rain saß mit Luca und einer weiteren Wache auf dem Sofa. Und Brown selbst stand in der Mitte und hatte die Hände vor dem Oberkörper verschränkt.

»Bitte verzeiht die Wartezeit. Ich hoffe, ihr habt euren Aufenthalt dennoch ein klein wenig genießen können. Mein lieber alter Freund Timothy hat leider etwas auf sich warten lassen«, sagte Brown.

Allmählich begann ich zu begreifen, wofür der Doc sich eben entschuldigt hatte. Er war hier, um seine Kinder und Violet abzuholen. Für Rain und mich konnte er nichts tun.

»Du bist zu weit gegangen«, sagte der Doc daraufhin, ohne jemanden dabei anzusehen. Zuerst dachte ich daher, er meine mich.

»Ich habe unseren Traum verwirklicht«, antwortete Brown.

»Unser Traum war es, eine bessere Welt zu erschaffen.« Scotts Stimme bebte während er sprach. »Nicht, sich mit der wohlhabenderen Hälfte der Menschheit unter der Erde zu verbarrikadieren und die andere Hälfte dafür auszunehmen.«

»Und wo verbarrikadierst du dich mit dieser anderen Hälfte?«, fragte Brown. Er wusste also von Eden. Scott schien nicht überrascht zu sein.

»Was kümmert es dich, solange du noch genug Menschen hast, die du quälen kannst«, bellte er.

Brown schloss die Lider. »So ist es.« Dann öffnete er sie wieder. »Nimm deine Brut und geh, wohin auch immer es dir beliebt.«

Scott warf einen kurzen Blick hinüber zu Rain, was seinem alten Kameraden nicht entging.

»Sie bleibt selbstverständlich hier. Und er ebenfalls«, sagte er und deutete auf mich.

Scott seufzte und half mir auf, so dass ich meinen Oberkörper selbstständig mit beiden Armen stützen konnte, dann stand er auf.

Violet setzte sich als erste in Bewegung, doch die beiden rothaarigen Geschwister starrten fassungslos ihren Vater an. »Wir können ihn doch nicht einfach hier lassen«, sagte Maggie verzweifelt.

»Uns bleibt keine Wahl«, sagte ihr Vater.

Noah ging wortlos auf mich zu, kniete sich vor mich und umarmte mich. »Du weißt gar nicht, wie leid mir das alles tut«, flüsterte er mir ins Ohr.

Als er sich von mir lösen wollte, griff ich rasch nach seinem Arm. »Kannst du Cally für mich drücken? Sie wird es nicht verstehen.«

»Natürlich«, sagte Noah.

Maggie schien mich ebenfalls umarmen zu wollen, doch ihr Vater packte sie am Oberarm und zog sie mit sich. »Kommt, wir müssen los.«

Gemeinsam mit den beiden Vampirwachen verließen die vier den Raum.

Dann folgten einige stumme Augenblicke, in denen ich die Blicke aller Anwesenden auf mir spürte. Ich dagegen starrte die weißen Fließen an, auf denen ich vermutlich mein Ende finden würde, ehe ich selbst die drückende Stille unterbrach.

»Und nun?«, fragte ich tonlos und ohne dabei jemanden anzusehen. »Ist jemand gnädig genug, mich zu erschießen, oder warten wir einfach ab?«

Brown lachte leise. »Nun, dies zu entscheiden überlasse ich dir.«

Diese Antwort ließ mich nun doch aufblicken. »Wie bitte?«

Ein tückisches Lächeln lag auf seinem Gesicht. Langsam ging er auf mich zu und kniete sich zu meiner Verwunderung vor mich, um mich auf Augenhöhe ansehen zu können. »Ich lasse dir die Wahl. Du kannst hier warten, bis du das Zeitliche segnest und sie dabei zusehen lassen. Oder aber du entscheidest dich für das Leben – als Vampir.«

Nachwort

Lieber Leser,

ich danke dir für deine Geduld und Unterstützung, egal, ob du mir schon seit meiner Fanfiction-Zeit folgst, mein Buch durch die wunderbare Bücherbüchse kennengelernt hast oder erst kürzlich auf Vampirya aufmerksam wurdest. Sollte dir *Vampirya - Project Eden* gefallen haben, freue ich mich, wenn du es anderen Lesern fleißig empfehlst. Auch freue ich mich über jede Rezension, ganz gleich ob du sie auf Amazon oder einer anderen Seite postest.

Als Selfpublisher bin ich auf eure direkte Hilfe angewiesen und stecke den Gewinn dieses Buches selbstverständlich in die Veröffentlichung des Fortsetzungsbandes.

Wenn du wissen möchtest, wann die Fortsetzung erscheint, kannst du dich auf meiner Homepage **www.chaela.de** informieren. Dort hast du auch die Möglichkeit, dich in meinen kostenlosen Newsletter einzutragen. Oder du folgst mir auf Facebook oder Instagram. Die Links dazu findest du ebenfalls auf meiner Homepage.

Deine chaela.